装幀　森本良成

北京の階段

階段のてっぺんに立っていて、いますぐ、下りていかなくてはならない。急角度になっているらしい下の方が闇に沈んでいて、どのあたりが底か、底があるのかどうか。階段の幅はやたら広く、人を二十人並べても余るくらい。端までなんとかにじりよって、壁にさわってみる。土をつき固めて塗料を塗りこめた壁。赤黒いつるつる滑る壁の表面が、悪意をもって手を拒絶する。足元は、段々の木材がすり減って波の形にくぼんでいる。上がり下りする人びとの靴の裏にこすられて、ここまで減るのに百年くらいかかったか、二百年か、三百年か。ここをいま、下りなくてはいけない。一段目に足を下ろす。段々の幅が狭く、足は土踏まずの半分から先、宙に浮く。おなかの底からつきあがるものがあり、声が出る。

林子《りんこ》は自分の声で目を覚ます。

同じ夢をくりかえし見ていた。

北京の街は国慶節が終わったところだった。天安門広場には五星紅旗が高くあがり、暗緑色の制服を着た人が数メートルおきに立っていた。解放軍の兵士なのか公安警察なのか、林子はわからなかった。私服刑事が大勢いると聞いていたが、どの人がそうなのかもわからなかった。林子は掲揚台の柵まで歩いて行って、真下から旗を見あげた。旗は、天安門の赤い壁に掲げられた巨大な肖像画に向かい合い、中空で風を受け、激しく動いていた。体の向きを変え見わたすと、遠く人民大会堂の屋上にも赤い旗が翻っていた。広場を西から東へ風が吹きぬけた。運動靴を履いた足の底に力をこめて敷石を踏ん張っていても、足がひとりでに風に持って行かれそうだった。

天安門広場の学生たちに戦車が突入した日から、二年たっていた。

二年前の六月、天安門広場で起きていることを伝えるテレビのニュースを、林子は大阪郊外の家の食卓で見ていた。たまたま息子の源《げん》がしばらくぶりに市内のアパートから来ていて、横の椅子に座っていた。画面からけたたましいサイレンの音がした。銃声と思われる音も、たしかに聞こえた。画面が変わって解説が入り、数日前からの広場の状況を映し出すと、中国語で歌うインターナショナルが聞こえた。再び揺れ動く画面に戻って、サイレン、銃声、マイクで訴える学生のリーダーの声。ことの断片のいくつかがくりかえし映されていた。源は黙っていた。自分がかつていた場所で起こっていることを見ているのだと林子は思い、斜め横から源を見ていた。

その場所に来ている。

広場に人は満ちていたが、外国の観光客らしい姿は欧米人も日本人も見えない。六十歳近い日本人の女がひとりで立っているのは場違いだとわかった。

人ごみを外れて広場の外、長安街に出る。どこへ行くということはない。朝ホテルを出たときからずっと歩きまわっていたが、何を見たのでもない。きのうも一昨日も、その前の日も、そうだった。旅に目的はなかった。大阪の家にいて、なにもできなくてうろうろして、夜になると夢に脅迫される、それから逃げてきただけだった。行き先の目当てもなくて、なんとなく旅行社のカウンターに立って北京行きの航空券を予約し、数日後に北京にいた。

バスに乗り、町の様子で見当をつけて下りる。風は止んでいた。道の標識を観光地図で拾いながら胡同の長い壁のあいだを通りぬけ、地安門外大街の大通りを歩いていくと、正面に赤い壁が構えていた。見あげる高みに楼閣があり、二層の瓦屋根の下に赤い柱をめぐらしている。鼓楼だった。

外側の小屋に座るおばさんに入場料を払い、壁をくりぬいた入り口に足を踏み入れる。壁の厚みをそのまま筒型に抜いた穴を歩いていき、通りぬけたところがいきなり階段だった。

階段はこんなところにあったのか。

夢に出てくる階段だった。

建物に数歩入ったばかりなのに外の光は失せ、空気が湿った匂いを含んで体を押しつつむ。

夢の階段はいつも下り方向だが、目の前の階段はこれから上がるのだった。段々も両側の壁も黒々と黙りこみ、巨大な構造物としか言いようのない斜めの物体が構成する空間に、いま林子一人しかいない。ほんとうに自分は今ここを上がっていくのだろうか、なにかの間違いではないか、上がらなくてもかまわないのだから、後ろを向いて出ていこうか。

だがずっと上の方は明るんでいた。むりやりでも元気を出せば、なんとかなるのではないか。現にそうやってまがりなりにも北京に来ていた。仕事でもなく自分がかってに来ているのだった。やはり上がろう。

林子は一段目の端に寄り、右手を壁にあてて、壁の凹凸を掌にたしかめながら上がっていった。階段の傾斜は下から見あげたときよりさらに急だった。後ろから上がってくる人も上から下りてくる人もいなかった。

長い時間がたったような気がした。

闇の筒が薄闇になり、徐々に明るくなっていく、と人の声が聞こえてきた。北京の女の人らしい抑揚の早口と、子どもの高い声もした。

眼の先が明るくなり、完全に明るくなった。林子は息を切らして階段を上がりきり、板張りの床に立った。

見物の人がけっこう大勢いるのだった。大きな赤い太鼓が並んでいた。

林子は回廊の端まで歩いていき、欄干を握った。曇天の下に北京の町が広がっていた。北京の町はまっすぐ前方に屋根屋根を連ね、灰色で、大きく、重々しかった。

源も留学中この回廊に立っただろうかと林子は思った。


四年前。

「ご両親にははっきり申し上げたほうがいいと思いますので」

診察机に並べた数枚の写真をボールペンの先で押さえながら医者が言った。

「ここまで大きく取りましたが、完全に取りきれたかと聞かれたら明確なお答えはできない状態です。今回は傷口が治癒すれば今までの生活に戻れますが」

医者は椅子ごと向き直り、夫と林子の顔を交互に見て言った。

「一年以内に再発すると思っておかれた方がいいです。その場合進行はかなり早いでしょう」

五年生存率が八十五パーセントという場合、全体を平均してですから、たとえば六十歳の患者さんが九十パーセント生存で若い人は五パーセントあるいは五パーセント以下である、あるかもしれないことを意味するのです、残念ですが二十五歳は癌細胞の勢いが強い、ただ希望は抵抗力も強いことで。

医者の言葉は林子の耳に届いたが、よくわからなかった。

夫と林子は無言で病院の玄関まで歩いた。ドアがひとりでに開き、閉まった。出たところで夫はちょっと立ち止まってふりむき、なにか言いかけたが、「会社へ戻るから」と口の中で言っただけだった。夫は下を向いて背中を丸め、左手の信号を渡っていった。林子は道を右へふわふわと歩いて、気がついたら家の台所にいた。電車に乗りバスに乗ったはずなのに、覚えがなかった。蛇口をひねって水の冷たさを掌に受けたとき、林子はさきほど乗換駅でホームの端にいることに気がついて後ずさりしたことを思いだした。

一年と思っておかれた方が。医者はたしかにそう言った。

源と、ひとつ違いの弟の圭が大学生のときに、マンションの隣が海外赴任で長く留守をすることになったのを借りていた。圭が遠方に就職して出ていったあと、大阪で就職した源がそのまま住み、夕食だけ来て食べるという生活になっていた。家賃を持ち主の口座に振り込み、食費を林子に払う。外猫がごはんを食べに来るようなものだった。病気のあと、暮らしのかたちはもとに戻った。

源は食べものにまったく興味をもたなくなった。空腹になれば、台所で目についた食パンだけそのまま食べて終わり、炊飯器にあったごはんだけもくもくと食べておしまい、というときがあり、野菜しか食べないときもあった。動いてた動物を食べるのはいやだ、と源は言った。

そうであっても腹は減るかして、隣から来て冷蔵庫を物色し、ハムを見つけて食べているのを林子は見た。

「ハムは動物じゃないのかね」

林子が言うと源はにやっと笑った。

「ハムは歩かへんからええねん」


三か月ほどした頃、源は大阪市内の公団アパートに空き部屋を見つけて、隣の家を出ていった。出る前に駅前の天牛書店を呼び、本棚三つ分の本をそっくり売った。枠だけになったスチールの本棚はばたばたと畳んで粗大ごみに出した。ノートや原稿用紙、書類の山は、最初紐で束ねていたが面倒になったかそのままマンションの階段の下の共同ごみ箱に放りこんだ。カセットテープは段ボール箱ごと、衣類はシャツもズボンもそのまま放りこんだ。ごみカートが源のものでいっぱいになった。林子は夜になってからそっと階段を下りて、手に触れたノートを一冊エプロンの下に隠して持って上がった。

朝になってごみ収集車ががらがら音を立てるのを、林子は五階の部屋のなかで聞いた。

源は、いつもの源の顔をして、じゃあ、と言って出ていった。荷物は、使っていたベッドと、職場へ行くスーツのほかは綿パン一本Tシャツ一枚くらいのものだった。炊飯器はどうするのお鍋は茶碗は、冷蔵庫もいるでしょう、林子は言ってみたが、適当にするからいい、と言われれば、そう、と言うしかなかった。

　とりあえず手術の傷はふさがり、問題になることは今のところ源の体に起きていない、病院にはきちんと行っていて、一時ひどかった薬の副作用も最近はおさまり、日常に差し支えはない、一人前の人間が親の家を出てひとり暮らしをするのはあたりまえだ、いや源はとうに家を出ている、これまでもどこかの勤め人が下宿していたのと同じ、いや、下宿よりもっと少ないかかわりでわたしは食堂のおばさんをしていただけだ、出ていったからといって何が変わったわけではない。

　そう思ってみるのだが、夕食をつくって食べさせる人がいるのといないのとでは、天地が逆転したほどの違いがあった。

　林子がすることは何もなくなった。

　手元に、源から借りたままになっていた文庫本があった。含まれる短篇小説は少しずつ違いがあるがどれも『阿Q正伝』の表題をもつ、別々の訳者による四冊と、『野草』一冊、カバーも中の紙もくたびれて、鉛筆やボールペンでさまざまに線が引かれ、書き込みがある。

中国語で、洪水や虐殺の難を辛くも免れ生き延びた人を幸存者という。そういう言葉があったことを林子は思いだした。五冊の魯迅は幸存者だった。

魯迅をめぐって、源と二回話をしたことがあった。

一度目は源が大学二年の終わりのときだった。字が崩してあってわからへん、読める？と言って源がぶ厚い手紙をもってきた。ちょっといろいろあって、おれ、試験受けられへんかったんで、第二外国語の、中国語の先生にレポートを送った、試験の代わりにしてくださいと頼んだ、その返事、と言う。

「ちょっといろいろって、なに」

「だから、ちょっといろいろ」

源が大学で中核と革マル両方から追いかけられているらしいことは林子はうすうす知っていた。シャツを破いてきたり、怪我をしてきたこともあった。教室に入れなくて試験が受けられなかったのだろうと察しはついた。

「語学で単位落とすと専門過程に進級できんから」

「授業のレポートを書いたの」

「いや、おれ、授業出てへんし、べつのこと」

ええやん、もう、と言いたがらないのを、林子はおもしろくなって聞き出した。

「――魯迅について書いた」

「題、お言い」

「――魯迅の情念という題。もうええやん」

大学では初級中国語の授業でいきなり魯迅を読むの、と林子は聞いた。

「初級の語学で魯迅はやらんよ、おれがかってに書いただけ」

便箋五枚に太い万年筆でぐいぐい書かれた手紙の文字は、たしかに達筆すぎた。「君の魯迅の読み方は」に始まる一枚目は解読できたものの途中から続け字がいちじるしくなり、それから判じものになった。林子は声を出してなんとか辿っていった。

「キルケゴールを読むことをすすめます」

最後に、単位はあげます、とあった。

よし、と源が言った。

そのあと源は中国近代史をやり、北京に一年留学し、帰って就職した。

二度目に魯迅のことを話したのは、源が出ていく少し前のことだ。

源が唐突に林子に向かって話をしだした。規範はない、と言った。おれはおれだから。

おれはおれでやっていくしかないから。やりたいことをやる。おれはやれる。

まだ夕食の支度が整っていない中途半端な時間の食卓に、缶ビールが三本プルトップを開けて立っていた。

「行動の唯一の根拠は誠実ということだけやと思う」

——源がわたしに誠実なんていう言葉を言った、お酒を飲んでなければ口に出さないはずの自分用の言葉を。

薄暗がりになっているのに電気を点けていなかった。

「ほんとに偉い人というのは、やっぱりいるんだよ、ぐしゃぐしゃの中国で、右も左もぐしゃぐしゃで、希望からも絶望からも等距離を保って自分だけを恃んで、やることをやって死んだ人というのは、ほんとに偉いと、やっぱりおれは思うよ」

話に脈絡はなかったが、魯迅のことを言っていると分かった。源の頭のなかの回路が林子のなかでつながった。

源は自身に言っているのだと林子は思った。自分に向かってだが、もしかしたら、いま、わたしを前に据えて、口に出して言うことが必要だったのかも知れない、という気がした。

もしもそうならば、源とわたしが共有した二十五年は、たしかにあったのだ。

そのあと、源が言った。

「おれの病気のことは、しゃーないよ」

ビールの空き缶を隔てて林子は源の顔を見ていた。源がつけたした。

「お母さんにはわるいけど」

子ども時代を過ぎてから源の言葉はいつも短くて、電報みたいだった。林子とまともに向き合って長い話をしたことは、あのときとあのときと、ひとつずつ数えられるほどだった。半年にいっぺんか、一年にいっぺんか。そういうとき林子は、源はこれでいいのだと思った。この先どういうふうになっていくとしても、これでちゃんとやっていかれる。もし何かおかしなことになってしまうとしても、わたしは源をぜったい好きだと思った。源はわたしの作品だ、いつか離れていくけれど。

やがてそれは、じき離れるけれど、に変わり、離れてしまったけれど、になった。

今、林子ができることはなにもなかった。

うろうろするだけだった。

さいわいというべきか、林子が広告会社から外注でもらってくる書き仕事が急に増えていた。以前はしょっちゅう失業状態だったのに。林子は無理だと分かっていてもぜんぶ受けた。頭が奇妙に冴えて仕事がはかどるのはなぜだったのだろう。夜が明けきらない早朝、マンションの階段の下にごみ収集車がやってきてがらがらと音を立てた。あのときの達筆の手紙もこうやって持って行かれたのだと、林子は仕事机に向かって収集車の音を聞いた。

出ていった源は、電話番号を知らせてきたほかは、何も言ってこなかった。職場へは行っている様子がうかがえたが、あとはどうしているのか、数か月は音沙汰なく、そのうちやって来て一日中寝て、そのまま帰っていったりした。勉強はやめてしまったらしく、酒の量がふえている気配がした。

週末、近場の山へ登るという話は、いちどしてくれた。

「鹿がおおぜいでおれのことを見ている、かたまって、黙って立って、ただ見ている」

ひとりでそんなところへ行かないでもらいたいと林子は思ったが、思うだけだった。

医者が言った一年が終わり、三年すぎ四年たった。

源の体にはなにごとも起こらなかった。体には。だが源の胸のところにひとつ穴があき、徐々に大きくなっている、胸ぜんたいにがらんどうが拡がっている、ちょうど心のある場所だ、心も体のうちだから。林子にはそう思えた。

源が病気になってからの時点のどこでだったか林子の記憶は曖昧なのだが、たしかかなり早い段階で、夫とは別れる話がきまっていた。源のことが終わるまではこのまま行く、という条件がついた。


鼓楼の階段は、夢と違って下りられた。

厚い壁を抜けて外へ出ると、入場券売り場のおばさんが笑いかけてきた。

「台湾から来たのかね」

日本の観光ツアーは天安門事件以来減ったままと聞いたとおり、北京に来てから一度も日本人を見かけなかったが、台湾かららしい人びとにはよく出会った。林子は街で何度か、台湾から来たのかと聞かれた。

日本からと言うと、おばさんはいぶかしがりもせず、あんたひとりで来たの、と聞いた。仕事はなにをしているの、給料はいくらかね。林子は給料は少ないと言った。

「それでもここまで来られるのだからたいしたものだよ」

自分は前はどこどこの国営工場にいたけど、今は息子がよく稼ぐからもうそんなに働かなくてもいいの、この仕事はいくらにもならないけど、らくだからね。あんたも息子いるんでしょ。おばさんがだいたいそんなことを言ったのだと林子は思ったが、そのへんになると林子の中国語の聞きとり力はあやしくなった。おばさんの足元に籠があり、葉を束ねたにんじんの赤い色がのぞいていた。にんじんは、なんというのだったか。

「羅卜《ルオポ》？」

おばさんは笑って、ルオポは白いでしょう、これは胡羅卜《フールオポ》、さっきそこの市場で買ってきたのよ、と言った。

「あめも買ったよ、食べる？」

風がまた吹きだした。おばさんは上っ張りのポケットからスカーフを取り出して頭に巻きつけた。うす緑色の葉っぱの模様のある紗だった。見ているうち林子は、自分で思いがけない言葉を口に出していた。

「おととしの六月、広場で」

おばさんがスカーフを結んでいた手をとめた。目が林子をにらんだ。林子はたちまち自分がしたことの意味に気がついた。おととしの六月広場であったことに少しでも係わりある人びとは、学生本人はもとより親兄弟も知人も身を潜めている。亡命した人も少なくない。通りすがりの外国人がかんたんに口にできることではないと、よく知っていたはずだった。

林子は鼓楼の前の地安門外大街を来たときと逆の方向に歩きだした。風はときに方向を変え、渦を巻いて街路を吹き抜けていった。紙くずが舞い、道ばたに停めてある自転車の車輪にビニール袋が引っかかって騒いでいた。林子の頬を砂ぼこりがかすめていった。細かい砂粒が商店の窓ガラスの桟に音をたてずにたまり、たまった上に吹きよせられてさらに積もっていく。砂漠からきた砂だ、と林子は思った。北京の町の外側に拡がる砂漠から風に乗ってきた砂。砂は上着の袖口の折り返しにもみるみるたまった。林子は風をやりすごそうと後ろを向いた。

おばさんが風の中を急いで来るのが見えた。薄い紗の布がばたばたし、布から髪がはみ出していた。おばさんは林子に近づき、なにか言おうとしてやめた。けっきょくおばさんはしばらく黙って突っ立っていてから、鼓楼に向かって戻っていった。

夜に入りかけた町で、林子は落ちつかない気持ちのまま、それでも適当に腹に食べものを入れ、ホテルの部屋へ帰った。砂ぼこりを洗い落とすと、もうすることがなにもなかった。明日はどうしようと地図を広げてみるが、どこかに行こうという気にならない。部屋の前のエレベーターが停まるたびに女声のアナウンスが中国語で一声なにか言うのが、何遍聞いても聞きとれない。北京に五日いたあいだ、いっぺんも空は晴れなかった、北京秋天は青空のはずじゃなかったのか、あと二日、もうやめよう、帰ろう、明日の飛行機に変えて。航空会社の書類をかばんから出してめくってみたが、どう手続きすればいいのかわからなかった。

ふと、陳さんに電話をしたらどうだろうと思った。

陳さんは大阪に留学していたときアルバイトで中国語教室の先生をしていた。卒業したあと北京へ帰って法律事務所に勤め、たしか実家で両親と暮らしている。

まだ早い時間だった。手帳を出して、フロントに外線の番号を告げる。

いきなり太い女の声が耳元でウエイと叫んだ。ウエイ、だれへかけてるの、ああ陳阿軍、あんたは。え、日本人だって。ちょっと待って、陳阿軍、アチュン、電話だよ！　アチュン！　チェンアチュン！　いるかい！

男や女の人声にラジオらしい歌も交じり、やがて走ってくる靴音がして、ウエイと若い男の声に替わった。

「陳先生、陳さん、南林子です」

「南さん！　どこにいるんですか」

林子がホテルの名を言うと、自転車で十分かからない、ロビーに下りていてくれますか、と陳さんの声がてきぱきと言った。

待つ間もなく入り口から陳さんが現れた。前と変わらない細身の上半身に黒いシャツを巻きつけて、縁なしの眼鏡をかけて。林子の方に快活に手を挙げてからすばやくロビーを見まわし、先に立って隅の椅子に向かった。

「さっきの電話ね、南さんは知らなかったかな、路地の入り口の家にひとつあって、呼んでもらう式です。あまり話はできない」

陳さんが大阪にいたとき北京で天安門事件が起きたのだった。留学生たちは毎日集会を開き、母国の学生に連帯してデモ行進した。陳さんは汗まみれの服のまま中国語教室へやってきて、林子たちに北京で起きていることの話をしてくれた。林子たちはお金を出し合い、国際電話のカードを買って留学生たちに渡した。家族と連絡ができるように、北京の友人から情報を得られるように。

何週間か後、留学生たちは急に動きを止めた。だれもが口をつぐんだ。みんな、表面は、何もなかったように学校とアルバイトに戻った。

やがて陳さんは中国へ帰り就職した。

「今日はどこへ行ったのですか」

鼓楼へ、と林子は言った。

「階段、のぼれましたか、だいじょうぶでしたか」

陳さんは中国語教室のときのように一言一言正確に言った。

「知っていましたか、五四運動のとき、鼓楼は国恥記念館というものになっていました」

陳さんが言葉を選んで、林子にわからせようとしているのが伝わってきた。

「日本が中国に突きつけた二十一箇条の条文などを、回廊に展示していました。展示を見て憤激した学生が、回廊から飛び降りました。抗議の意志を示した自殺です」

林子は昼間見た壁の朱の色を思い出した。回廊の下はひさしが一層あるだけで、ひさしの下は地面まで一枚の壁になっていた。入り口のほかは窓もないらしかった。階段の高さ分がそのまま壁の高さということになるのだろうか。

林子は言葉に出して言った。

「あの高さでは」

「何人も、死にました」

そのあと回廊の下に網が張られましたから、もう飛び降りることはできません、と陳さんは中国語教師の標準語できちんと発音してから、とつぜん日本語に変えて早口で言った。

「天安門のときぼくの同級生が死んだ。彼のお母さんをぼくは小学生の時からよく知っている。北京に帰ってすぐ家に行ったけれど会ってもらえなかった」


林子はホテルの前に立って、自転車で走っていく陳さんを見送った。ハンドルに身をかがめ、ペダルを漕いでいく背中が、中国人も日本人も若い男は似ていた。

写真で知っている五四のときの学生たちは、裾の長い長衫を着ていた。彼らの先生の魯迅が着ていたのと同じ服だ。裾を翻して彼らは飛んだ、あの階段を上がっていって。暗闇のなかの急勾配の階段、すりへった木の段々を、いくつもの布靴の底が踏んでいった。その布靴は母親が作ったものだっただろう、表地が黒い繻子で、何枚も重ねた底布を麻糸で一針一針刺した布靴。

目の前を、道幅ほとんどいっぱいに自転車の男たちが走りすぎていった。

林子の足の裏を、暗がりの底に向けて下りていく感触がつきぬけた。

午後五時の光る線

午後五時の光る線

午後五時、上町台地が西から輝きはじめる。

林子は十二階の台所に立ち、窓に向かって米をとぐ。

窓枠で切りとられた四角いガラスの画面の上半分を空が占め、下半分にさまざまな意匠の建物がびっしり詰まる。

建物の集合体を、一本の小さい道が縦に分ける。ちょうど窓のまん中のところにあたる。

林子の住まいは台地の東端、ほぼ麓に位置するので、西向きの台所から見る風景はぜんたいがゆるい仰角で構成されている。軽い傾斜が窓の風景の中で縦にゆっくり続いていく。道も、西へ向かってゆるくのぼっていく。

坂道を上がっていく車がだんだん小さくなりながら走り続ける。乳母車を押す人や自転車を漕ぐ子どものうしろ姿もいつまでも見える。猫はまっすぐ歩かずに道を横切るのですぐ見えなくなる。

道の左に寄せて電柱が立つ。手前の一本は太くしっかり立ち、伸ばした腕木に碍子を載せてがんばっている姿かたちが窓から見てとれる。二本目も、はっきりではないがだいたい見える。その先は、坂の向こうの方角へ目を上げていっても、公園の木に隠れたり出っ張った塀のかげになってよく見えない。電柱は見えないが、手前の腕木から張り出した電線が三本の太い線として坂をのぼっていくのは見える。視線の先、車がおもちゃのように小さくなってなお動いているのが見えるあたりまで、電線は道の上を高く張りつめたまま続いている。

五時すぎ。太陽が窓の正面にいる。まわりの雲を輝かせながら、ゆっくり、まっすぐ、建物群のスカイラインに向かって下りてくる。ちょうど真下に道があり、電線が走っている。太陽は道の西の果て、電線の西の終わりをめがけて下りてくる。

太陽が下りてくるに従って、電線が光り出す。平板な灰色だった三本の線が白く光を発する線に変わる。光の線が坂を下から上へのぼっていく。

やがて太陽の赤い球が一瞬目に耐えられないほど明るさを増したあと、あっけなく建物の裏側に落ちる。アスファルトの道が黒く沈む。それなのに道の上に高く掲げられた電線は太陽の残りの光をまだ受けている。もうしばらくは続く光。電線が白く輝いて上町台地をかけのぼる。

ヘリコプターは飛んだか

すのこ棚に置いてある予備のトイレットペーパーをとろうとして、手が止まった。芯のあたりが茶黒く染まっている。端をつまんでおろしてみると、下の一巻きも同じだった。包装紙を外して縦に積んである、四巻きの芯の穴を濃い茶色の飛沫が貫通していた。一番下のひとつは、紙まで汁がにじみ出していた。

真下の床にブラシがあり、柄を立てたケースにブラシが半分かくれる形になっている。プラスチックの白い表面を汁が走り、汁の行く先に、ブラシの毛にひっかかってごきぶりが一匹とまっているのが見えた。

ブラシを引き出すと、ごきぶりもいっしょに上がってきた。ごきぶりは何本もある足をブラシの毛にからめて固まっていた。羽根を少しひろげていた。茶色と言うよりは赤く、艶をまだ十分に保っていた。

少し前の急に寒くなった日、ベランダの植木鉢を部屋に入れた。鉢のどれかの底にごきぶりが住みついていたらしく、台所や居間に出没するようになった。何年ぶりかで使ってみたコックローチは格段に効き目がよくなっていて、たて続けに三匹死骸が見つかった。黒いみごとな大型が冷蔵庫の下のすきまで、同じくらいのがもう一匹キッチン秤の上で、あわい色のおそらく生まれたてがテレビの下で。

日をおいて、今日のは中くらいの大きさだ。

毒を飲んだ若いごきぶりは、きっと気持ちが悪かったのだ。白いトイレットペーパーが柔らかく見えたのだろう。ブラシがふわふわに思えたのだろう。体から汁をふりしぼって、文字通り懸命にペーパーの穴にもぐりこみ、ブラシの毛をかきわけて、尽きた。

四匹のごきぶりはファミリーに違いなかった。

「林子ちゃん」電話線の向こうで声がいきなり言った。

「年賀状をありがとう。十月に有賀が亡くなってね、高校の人にはだれにも知らせなかったから、ごめんね」

野原さん、今は有賀さん。林子はいそがしく言葉を探した。言葉はとっさには出てこなかった。会わなくなってもう長い年月がたつ。

野原さんは背が高く、どちらかと言えば太っていて、目も鼻も口も大きい、だれが見ても美人で、演劇部の部長だった。成績は学年で一番、でなければ二番。といっても当時の静岡の私立女子高で、東大を受験するなんて考えるだけでも奇跡だったのに、野原さんは堂々と受けて、落ちた。私学を受けるとか浪人するとかの選択肢ははじめからなくて、そのまま市内の会計事務所に勤めた。林子の方は関西の大学に入ってなりゆきで大阪に住みついた。高校を卒業してすぐは帰省すれば林子の方から野原さんに連絡して、勤め先に訪ねていったこともある。一年たたないうち、野原さんは上司と駆け落ちし、たちまち見つかって引き戻された。そこから先のことは、林子はうわさでしか知らない。

老舗料理屋のあととり息子にみそめられてお嫁に行き、女将修業に身を入れていると聞いた矢先に婚家を飛び出した、社交ダンスの県大会で優勝した、東京のどこやらで売り上げナンバーワンのホステスだ、喫茶チェーン店の社長の愛人になって某ホテルの喫茶室をまかされている——。若手俳優を養っているという話もあった。俳優がニューヨークのアクターズスタジオへ勉強に行きたいと言ってるが野原さんが許さないのだとか、そのうちに俳優と別れて自分がニューヨークへ行ったとか。うわさはたっぷり流れたがどれだけ本当か、だいたい一人の人間が短い時間にそんなにたくさん面白いことをしでかすなんてありえないと、うわさを言い出すほうも聞く方も知っている。長い間本人と会った人はいなくて、次に同級生の一人が東京のデパートの食品売り場でばったり出会ったとき、野原さんは「今は有賀というのよ」と言った。べつにわるびれるふうはなく、と言って懐かしがってくれているようでもなかった、でも住所と電話は聞いてきたわ、と会った人は言った。

クラス会に誘っても野原さんは出席しなかったが、近くに住む同級生とお茶を飲むくらいのことはするようになった。林子とのつきあいは年賀状だけ復活した。年賀状の住所は高輪で、林子も聞いたことがある超豪華マンションの名が書いてあった。

野原さんは男を替えるたびに階段を一段上がるわね、というクラスの人たちの解説はたぶん本当だった。「野原さんらしいね、あっぱれね」と林子は言った。悪い感じはなかった。

「信じられる？　林子ちゃんと五十六年会ってないのよ。数えてみたのよ」

電話の中で野原さんが言った。

「あの、お悔やみ申し上げます」

林子は言った。自分でも間が抜けた言い方だった。

「有賀さん、おいくつでした？」

「七十七歳、わたしよりひとつ上だから。五十年有賀とずっといっしょにいたのよ、信じられる？」

野原さんはまた言った。

「五十年よ、わたし五十年ぶりに二十四時間自分のことに使えるようになったの。林子ちゃん、東京へ出てこない？　わたしが大阪へ行ってもいいわ。会おうよ」

クラスのうわさで聞いていたところでは、知り合ったとき相手には妻と子があった。野原さんは対抗してつづけて二人子どもを産んだ。無名の青年は貿易の会社を立ち上げ、有賀という名は新聞でときどき見かけるほどになった。

――仕事でしょっちゅう海外へ出かけるのに、会社の秘書のほかに野原さんも必ず同行するんだって。野原さんの英語が必要というけど、違うわよ、だんなさんを見張ってるのよ、一人にしておけないのよね、悪いことをするから。一泊のクラス会だって出てこないでしょう。たまにお茶したって、時計ばっかり気にして、すぐ帰っちゃうのよ。

「好きに使える時間って、いいものね」

野原さんは言った。

「毎朝ひとりで散歩してるの。映画だってお芝居だって観たいのをひとりで見に行っているの。スイミングもジムも、来月から電子ピアノも始めるのよ。これからはぜったい元気で楽しまなければね」

これからって、わたしたち、七十六歳よ。林子は思ったが言わなかった。

――でも結局野原さんはだんなさんのことべたぼれなのよ、お金も名声も含めてだけど、だんなさんを好きだったのよ、あれが野原さんのやりかたなのよ、あれはあれでいいよね、というのがクラスのいつもの結論だった。

「寂しいでしょう」

林子は言ったが、今度も我ながら間が抜けていた。

「そりゃ寂しいわよ」

野原さんが元気な声で答えた。

「聞いた？」野原さんの電話から少したった日、静岡の近藤さんが電話してきた。

「やっぱりお疲れさま会をしなければね。東京でする？　静岡へ呼ぶ？」

級友が夫を亡くしたと聞くと、集まって食事をした。級友が亡くなったときは、場合によっては夫を招いた。「お疲れさま会」はこのところ毎年一回は開くなりゆきになっていた。

「静岡だったら、学校の近くに新しくできたあのホテルの、あそこがいいわ、ほら、あの」

近藤さんは言った。

「このごろ固有名詞が出ないのよ、ひとりのせいかしらね、黙ってるから言葉を忘れるみたいよ」

近藤さんは地元で大学を卒業したあと、出身の高校で英語の教員をしていた。早くに離婚し、定年になってからはひとりで家にいた。去年会ったとき、自転車でけっこう遠乗りしてるのよ、と言っていた。晴行雨読、ほら中国語で自転車は自行車でしょ。

「黙ってるから言葉を忘れる、それを言うならわたしも同じ」

林子は言った。

「だんなさんが、南さんが無口な人だから？」

「じゃなくて」林子は答えた。

「断絶してるから、黙ってる」

近藤さんは短い沈黙のあと、「そうなんだ、やっぱり」と言い、「ひとりで黙ってるよりふたりいて黙ってるほうがきついかもしれないね、比べることじゃないけど」と言った。

「わたし、ときどき壊れるよ」

林子は言ってみた。

「そうだろうね」

また沈黙があり、「野原さんも、何遍も壊れたと思うよ」と近藤さんは言った。

「そうだろうね」

と今度は林子が言った。

「おたがい、壊れてもしょうがないよ、この歳まで生きていれば」

近藤さんが言った。

「道をまちがえて遠くまで行ってしまって、夜になって、自転車が壊れたことがあった。どうしようかと思ったよ。でも今こうしているでしょ」

近藤さんはちょっと笑い、「自転車の話じゃなかったね」と言った。

「うん、今こうしているよね」

林子はうなずいた。

「壊れてもいいと思うわよ。いいということにしよう。壊れたって大丈夫だよ、なんとかなるよ、林子ちゃん」

受話器のすぐそこで近藤さんが言った。


十二階の林子の窓から、空が近い。

台所の流しで西の空に向かって野菜や皿を洗うとき、林子は外を眺める。空の下に広がる建物群のなかに、見張っているというほどではないが、気になっているものがあった。

窓の右寄りの遠景に大阪府警本部の四角い建物があり、てっぺんにヘリポートが乗っかっている。林子の目の位置から少し仰角になるからか、ヘリポートは足つきの果物皿のかたちに見えた。平たい皿の左の端に、赤いヘリコプターが一機停まっている。皿は空につきだしているので、光線の具合によってヘリコプターは浮かんでいるみたいに見えることがあったが、よく見ればやはり停まっていた。二年前に府警本部の建物が改築工事を終えて灰色の覆いを脱ぎ、姿を現したときからずっと、ヘリコプターはそこにいた。

ヘリコプターは一度も飛ばない。

ヘリコプターが飛び立つ瞬間を見たい。

もしかしたらヘリコプターではない、遠景のことだし、何かほかのものかも知れないと思いはじめたある朝。ベランダで洗濯物を干していたとき、すぐ頭の上にばりばり機音がして、大きな姿が通っていった。機体の腹が赤かった。

林子は急いで台所へ行って見た。府警本部屋上の丸い皿にヘリコプターの姿がなかった。ヘリコプターは飛んだのだ。

夕方、林子が米をとぎながら顔を上げると、赤いヘリコプターがいつもと同じにいた。右手の大阪城天守閣の上空から雲がひとつゆっくりやってきて、ヘリコプターのいる丸い大皿の上にほかりと乗った。

雲は来たときと同じように去った。皿の上にヘリコプターはいなかった。

上層の雲が切れ、光が斜めの縞になって大皿を射した。大皿の端、ヘリコプターがいた場所に赤いものがあった。箱形に見えるものと、箱から突起した枠組みに見えるものと、なにかわからない、そんなものがあった。

林子が見ていると、雲の切れ目がひろがり、赤いなにかに冬の午後四時の陽が満ちた。

八月

八月がまたきた。

兄の三回忌の法要が終わり、食事の部屋に移った。林子が自分の名前の席を探していくと、隣席に遠縁のけんじさんが座っていた。

「おひさしぶりです」

林子は軽く頭を下げた。

けんじさんがおしぼりで手を拭きながら言った。

「二年前も暑かった。葬式は夏が多いような気がしますね」

「そう言えば、母も八月でした。静子おばさんも暑いときでしたね」

「ええ、八月です。むかし祖母が亡くなったちょうど同じ日で」

林子もおしぼりに手を伸ばそうとして、卓の名札に目をとめた。

「けんじさんて、こういう字だったのか」

林子は思わず口に出してから、まずかったと思った。

「え」

けんじさんが林子の顔を見た。

「どういう字だと思ってたんです。そうか、どういう字だとも考えたことなかったんでしょう、そうでしょう」

兄の妻が立ちあがって挨拶をはじめ、ふたりは改まった顔を向けた。


明治の中ごろ、林子の曾祖父の代に、曾祖父の弟が分家して村の家を離れ、市内の高町に一戸を構えた。弟は商才に長けた人で、海産物を扱い始めてじきに、大がかりに問屋の商いをするようになった。なんでも軍部と接触を持ち、市の西側の台地にある陸軍第七聯隊への納入に成功したと言うことだった。そうした昔の話は林子もなんとなく知っていた。数十年を経て林子の父親の代になったときは、両家は盆暮れの挨拶ていどのつき合いになっていたが、なかで林子の母と高町の静子おばさんはどちらも気むずかしい舅姑に仕える嫁の立場だったこともあったかして、気が合い、往き来があった。

小さいころ林子はたまに母に連れられてバスに乗り、高町へ行った。町の大通りに大戸を開けひろげた構えも、店土間に満ちる昆布の匂いも、人びとの出入りも、そしてなにより紺色の前垂れをしめた高浜さんが、林子は好きだった。高浜さんは客の応対の合間を見て相手をしてくれた。林子は昆布が北海道というところの果てから船に乗ってきたのだと聞かされた。昆布は西の台地の聯隊の門を晴れがましく入っていき、兵隊さんや将校さんの食卓に出る。偉い昆布なのだった。

高町には同じほどの年格好の男の子がいた。林子ちゃん、西瓜好きでしょ、けんちゃんといっしょにおあがりなさい。ふたりは静子おばさんが出してくれた西瓜を並んで食べた。遊ぶことはなかった。男の子と女の子は、いっしょに遊ぶものではなかった。

戦争になった。

市街は聯隊を手始めに爆撃を受け、七割がたが焼けた。高町の家と店もなくなった。市のすぐとなりに接していても村はほぼ被害なく、林子の家も残った。

戦争が終わった次の次の年、林子は新制中学生になって町まで自転車で通った。自転車が国鉄駅前の交差点にさしかかる角、瓦礫の残る空き地にぽつぽつ建ったバラックの一軒が「Ｍａｉｓｏｎ　ｄｅ　ｌａ　Ｐａｉｘ　メゾン・ド・ラ・ペ」と看板を掲げている。

飾り文字が焼け跡の風景から突出していた。せせこましい店の三方の壁に本が並べてある。入って正面に雑誌、右側と左側の棚に古本、新刊書はほんの少し。カウンターのあたりに映画のポスターが貼りめぐらしてあり、宏おじさんがいる。宏おじさんはたいていハンチングをかぶっている。平台から『ひまわり』をとって持っていくと、おじさんは、やあ、林子ちゃん、と言う。林子はここで、お金はいいよ、と言ってくれるのを期待しているのだが、そういうことは一度も起こらなかった。おじさんの代わりに静子おばさんが立っていることがあって、あら林子ちゃん、お元気そうね、お母さまもお元気、自転車で寒かったでしょう、と歓迎してくれたが、お代金はいいわ、とはやっぱり言わなかった。

林子は父に、メゾンドラぺってなんなの、と聞いた。父は、平和の家か、平和堂というつもりだろうね、フランス語で、と言った。

フランス語か、それで宏おじさんはハンチングをかぶってるのか。林子は焼け残った百貨店にある名画座にフランス映画がかかると、高校生の兄に同行してもらってかかさず見に行っていたから、たちまち納得した。カウンターに貼ってあるポスターはアメリカ映画よりフランス映画の方が多かった。「望郷」「大いなる幻影」「舞踏会の手帖」——。そう思ってみればハンチングをかぶった宏おじさんはジャン・ギャバンに似ていないこともなかった。

もともとあの人は海産物問屋なんか気が向かなかった、家業だから継いだまでで、軍への納入でも言われるままやっていただけだ、丸焼けになっていっそよかったんじゃないか、と父は言った。これからは文化ってわけだろう、それで本屋というのもわかりやすいがね。

それにしてもハンチングは似合ってないね、と林子は言った。

あの本屋は新しい雑誌をよく揃えているし、古本もこれはと思うようなのがあるよ。兄が言った。

あのお店もたいへんなのよ、店員さんもいないし、それにお手洗いもないのよ、駅へ駆けこむのよ、と母が言った。宏さんはともかく静子さんはねえ。

大学受験の参考書を買いに行くようになったころ、メゾンドラペは駅前にできたビルの一階に入っていた。もう古本は置いていなかった。そろいの服の女店員さんが三人と、カウンターには背広を着た中年の店員さんがいた。宏おじさんは見かけなかった。

英語の問題集を買った日、珍しくカウンターに林子と同じ年頃の男の子が立っていた。

男の子は照れくさそうに笑った。

林子もちょっと笑った。

女子高でのうわさは、こうだった。――ドラペの息子は町の不良仲間とはでに遊んでる、へんな女の人とつきあってるらしい、どうやら大学も受験する気がないんだって、高校も一年おくれてるくらいだから入れる大学がないのでしょ、だけどちょっとハンサムじゃないの、石濱朗《いしはまあきら》に似てない？

林子は、けんじさんが遊び人であろうとなかろうと、べつにどうでもよかった。

数年たち、林子は大阪に家庭をもち、兄は東京の会社に勤めた。郷里では母が亡くなり、続いて父も亡くなり、家は空き家になった。兄も林子も、くにに帰るのは、たまの墓参りか法事のときだけだった。

高町の一家も宏おじさんと静子おばさんが亡くなった。けんじさんは相続したメゾンドラペをすぐ閉店し、貸しビル業に転じた。なんでも宏おじさんは市内のあちこちに物件を持っていたそうで、けんじさんはしこしこ働かなくてもいいのだった。六十年代、町は景気がよくて、けんじさんはやがて青年商工会議所の会長に推された。何年かにいっぺんくらい見かけるけんじさんは、ダブルのスーツなんか着込んで、なかなかの男ぶりだった。

大阪のアパートで、押しかけてくるサラ金業者に頭を下げていたとき、ふと、高町のけんじさんに頼んだら低金利で貸してくれるんじゃないかな、と思った。さらに、けんじさんと結婚しておけばこんな目に遭わずにすんだだろうな、という考えも一瞬よぎった。

それだけのことだった。

兄が亡くなったとき、くにの家で葬儀をした。けんじさんが地元の親族を代表して仕切ってくれた。もういい歳のはずだったが、背筋がぴしっと伸びていた。黒いタイを締めたシャツの首もとに汗がつたうのが、後ろにいて見えた。


吸物椀のふたを開けながら、林子は思いついて聞いた。

「高浜さん、高町のお店にいた高浜さんは」

「高浜さんはニューギニアに行きました」

けんじさんが言った。

「みんな死んでしまいましたね。あのころの人間で残っているのは、林子さんとぼくだけかな」

座敷の外に蝉の声がした。

「おばあさまのお亡くなりになった日と同じというのは、偶然ですね」

「母ですか」

けんじさんは杯をあけた。

「同じ日に亡くなった。因縁を言うわけじゃないが、母はそれでやっと気がすんだのじゃないかという気がしているんです」

「それは、どういう――」

林子は銚子をとりあげてけんじさんの顔を見た。

「知らなかったですか、祖母のこと」

けんじさんは酒を受けながら言った。

「祖母は六月十七日夜の空襲でやられて、それでも八月の初めまで生きていたそうです」

「……」

「高町の防空壕が直撃を受けたのです。いつも母は祖母を壕のまん中に座らせていた。広くて腰掛けが置けるので。母とぼくは入り口近くにいました。母は祖母をなんとか外に出して、どこかまで、どこかの救護所まで引きずっていったらしい。店の人がひとり出られなくて、中で亡くなりました」

高町のおばあさまと呼ばれていたその人のことは、林子の記憶にあった。問屋の大所帯をとりしきる小柄な老婦人。髪をきれいになでつけ、小さな髷に結っていた。その姑に女中のように仕える静子おばさんを、林子は見ていた。

「そのときのことは、ぼくは分からないのです、記憶が飛んでいて。ずっと母は言わないし、ぼくも聞かなかった」

「そのとき宏おじさんは」

「おやじは女のところ」

林子はある記憶を引き出した。戦争が終わって半年か一年たっていたか、静子おばさんが訪ねてきたことがあった。母は座敷のふすまを閉めて林子を入れなかった。夕方暗くなるまで、ふたりで座敷にこもっていた。あれは、静子おばさんが、主人の不在中に姑を守れなかったことを泣きに来ていたのか。もっとはっきり言えば、自分が姑を奥に座らせていたばかりに姑が死んだ、自分は入り口にいて助かった、そのことを。母がいっしょに泣いてあげていたのか。

「林子さんはこのこと、ほんとに聞いていなかったですか」

けんじさんは手酌で飲んでいた。

「じゃあ、ぼくが怪我したことも知らないですね」

はじめて聞くことだった。

「今でも体半分に残っていますよ、火傷の痕。首にもあります」

けんじさんは、ほらここ、と言って首をひねって見せた。あごの下から左の首筋に引きつりが幅広く残っていた。

「指はくっついたまま」

左手のくすり指と小指が曲がって癒着していた。

「祖母と同じ病院だったけれど、亡くなったことはずっと後まで知らされなかった。母も足を怪我していたが先に退院して、ぼくは病院に長いこといました。なんか頭がすかすかになってね。自分で言うのも何だけど、それまでぼくはよくできる子だったんだが、母が泣きましたね、けんちゃんはおばかさんになってしまったのねえって言って泣いた」

「六年生ですね」

林子はやっと言葉を出した。

「中学一年ですよ。あ、そうか、林子さんは自分と同じ歳だと思っていましたか、一年休学して同じ学年になったんですよ」

けんじさんが林子の杯に注いだ。ふたりでしばらくだまって飲んだ。皿のものには手をつけずに酒だけ飲んだ。

――高町のおばあさまと言ってはいたが、歳など考えたことがなかった。子どもから見てたいへんな年寄りと思いこんでいたが、今の自分よりだいぶん年下だったのではないか。静子おばさんも、まだ若かったはずだ。あのころ、女の人は一様に着物をほどいて作り直したただぶだぶのもんぺをはいていて、綺麗も若いもなかったが、数えてみれば母はその年まだ四十歳、静子おばさんも同じくらいだった。

蝉がひとしきり鳴きたてた。

「こんなことを聞いていいかどうか」

林子は言った。

「宏おじさんのお葬式のとき、女の人が来たって話を聞いたことがあるんですけど。子どもを二人連れてきた。写真の前で、お父さまですよ、ご挨拶なさい、と言ったというんだけど」

「その通りのことがありました。そんなことだけ知ってたんですか」

けんじさんは、ははははっと笑った。

「そんなへんなことは知っていたのに、だいじなことを、わたしは知らなかった」

と林子は言った。

「それはうちの母が人に話さなかったからでしょう、ぼくだって隠していたわけではないが、大声で言うことでもないし」

静子おばさんはおそらく母だけに話して、ほかの人には五十年黙りつづけて、亡くなった。話を聞いた母も、死ぬまでだれにも言わなかった。

――そうだとしても、わたしは本当のことを知らなければいけなかった。見ようとしなかったから、見えなかったのだ。けんじさんの名前の字を知らなかっただけでなくて。

会食が終わろうとしていた。人びとが席を立ち、挨拶を交わす。ざわめきのなかに林子は座っていた。

蝉がまた鳴きだした。

二　上山の向こう側

みかん色の帽子

明かりが目立ちはじめた病院を出て、バスに乗り団地の階段をあがる。玄関に入ったその足で家じゅうの電灯を点けて回る。テレビを大きい音でつける。蛇口を一杯に開けてほうれんそうを洗い、ガス台に鍋をのせ、炊飯器のスイッチを入れる。洗濯機に洗濯かごの中身を空け、コンセントにさしこんで動かす。掃除機を台所から六畳へ四畳半へと引きまわす。階下の人はこんな時間にいったいなにごとかと天井を見あげているだろう、わかっているけれど、頭を塞いでおかなければならないので、体を動かしていないといけないので、わるいけれど。だがやがて洗濯機はとまり、掃除する場所はなくなった。

気がつくと床に座っていた。涙が出てきた。涙はかってに流れて、顔じゅうをぐしょぐしょにした。声まで出てきた。

玄関のチャイムが鳴ったのは聞こえたが、林子は立っていかずにいた。しばらく後に鍵の音がして、夫が入ってきた。

「病院で何かあったの、何があった、源がどうかしたの、え、どうしたんだ」

源にはなにごとも起きていない。手術から一か月たち、容態は落ちついている。顔も穏やかになった。

林子はだいたい毎日仕事の帰りに源のところに寄った。病院の早い夕食が終わり、昼間のあわただしさは消えたが患者たちが眠りにはいるまでにはまだしばらくある、ほっかり空いた時間帯。六階外科病棟東側、二人部屋の窓側のベッドの横に短い時間座って、家に帰る。

とくになにを話すというのではない、なんでもない話をする。また会社の女の人が連れ立ってきた、俺、もてるねんなあ、花は詰め所にあげた、パンダはお母さんにあげるわ、持って帰って。源がボードに座っているぬいぐるみを指さす。林子も話す。電車でとなりの男の人が眠り込んでもたれてくるの、よけい疲れたわ。

今日も昨日と変わらなかった。近いうちに退院できるはずだ。

だが今日、源が言った。

「廊下の先の小児病棟で、夜中に女の子の泣き声がする、ママって呼んでいる」

寝静まった病棟に、知らない女の子と源が眠らずにいる。源が女の子が泣くのを聞いている。自分のおなかの底を見るみたいな目をして。

考えない、考えてはいけない、考えるのやめ！　だが源の目がしんと見開いて、林子のなかにずっとあった。

林子は泣く合い間に夫に言った。

「女の子はかわいそうだけど、でも死なないかも知れない。源は死ぬんだよ、一年で死ぬってお医者さんが言ったんだから、一年て」

夫はしばらく黙って林子を見下ろしていてから言った。

「先生はそんな言い方はしなかっただろう、二十五歳、若い人は癌細胞の勢いが強い、一年ほどと覚悟されていたほうがいいかもしれません、と言っただろう」

言われなくたって、あのときの医者の言葉は端の端まで覚えている、そんなことを言ってるのじゃない、わたしは。

「あなたは源のことを泣いてるのじゃない、自分が源を失うのを怖れて泣いてるのだ」

夫が上着を脱ぎながら言った。

林子は顔を上げた。涙が止まった。

それでも時間が来れば炊飯器でご飯が炊きあがり、まがりなりにもみそ汁が匂いをたてた。

夫が缶ビールのタブを引き上げながら言った。

「その女の子は小児癌かもしれない、小児病棟にはそういう難しい病気の子がいるだろう」

林子は持っていた箸をばしんと音をたてて食卓に置いた。

「そうよ、小児癌で死ぬかも知れないよ、それでどうなの」

林子は椅子を立って、手をつけないままの野菜炒めを台所に下げ、蛇口をいっぱいに開けてコップの水を飲んだ。

朝食がすんだ食卓に、パン皿や紅茶茶碗が汚れて散らばっていた。林子はエプロンを掛けたまま座っていた。仕事に出かける時間が過ぎていた。

昨夜夫が言ったことは、どこか違う。まるきり違うのじゃなくて、似ているが違う。寝るまでどこか違うと考えていて、眠ったり目を覚ましたりしながら朝まで考えていた気がする。起きてからも夢の続きで考えていた。

頭の芯が熱をもってふやけ、半分眠って半分醒めている、そこからひとつのかたまりがだんだん形をなしてきた。そうだった。昨夜夫が言うよりもっと前から、そのかたまりは林子のなかに生じ、棲みつき始めたのだった。

——わたしが怖れているのは自分が源を失うことだ。

かたまりは、林子の喉の入り口に棲んでいるらしかった。息をするところか、ごはんを食べるところかに棲んでいて、胃カメラを飲むときみたいにつかえた。

最初に気づいたのは、源の手術がすんで状態が安定した土曜日の午後だった。圭夫婦と三人で源の様子を見に行き、圭の車で病院から送ってもらって帰ったときだ。

ひとつ違いの源と圭は双子さんですかと人に聞かれるほど背かっこうも顔も似ていて、おたがい社会人になっても子どものときと変わらず仲がよかった。源の病気がわかってすぐ、近くの社宅に住む圭を呼んで林子が事情を告げたとき、圭は紅茶茶碗をもった右手が震えだして止まらなくなり、かたかた鳴る茶碗を左手で押さえつけて泣き笑いした。大人になってからの圭が泣くのを林子ははじめて見て、しばらく正面から見入っていた。

そうであっても結婚したばかりの夫婦というのは二人でいるだけで楽しいものなのだった。その日、圭が助手席の妻ととくに仲良くしゃべったのではない、並んだ背中を見せて座っていただけだった。それなのに、林子は後ろの座席にいて家まで十分のあいだに気持ちが落ち込んでいった。思いがけなかった。こんなのはへんだ、わたしはへんだ。掌をにぎったり広げたり、しっかりするんだと念じたが、立ち直らなかった。圭がちょうど転勤になって近所にいてくれる、どんなに心丈夫か、と思ってみたが、だめだった。圭夫婦にありがとうと言うのもやっとで、階段を上がって扉を開け、部屋にはいると、林子は声を出して泣いた。泣きながら一方で驚いていた。長いこと泣いたことがない。ほんとうに辛いときは涙なんか出ない、涙で片が付くほど簡単なものじゃないと、ずっと思っていた。だが涙は止まらなかった。

そのとき、ひとしきり泣いたあと、まだ泣き続けるなかでふいと思ったのだった。

――今泣いているのは、わたしから源がいなくなる、そのことを泣いている、自分のことを泣いている。

以来ずっと、林子はそのことを考えに考えてきた。考えはかたまりになって林子の喉の入り口にあった。

林子は汚れた皿をのろのろと重ねた。

夫が言い放ったことと、それは同じだった。いや、同じではなかった。考えて考えて考えたことだから、同じことでも同じではない。迷って疑って喉をふさいで絞り出されて出てきた言葉と、同じ言葉でも同じではない。

一か月前、源の手術が終わった次の夜、帰ってきた夫が言った言葉を林子は思いだした。

――難波のホームで若い男が、源と同じくらいの年の男が向こうから歩いてきた。こいつ、なんで癌じゃないいんだと思った。

そのとき林子は、なんていやな人間だろうこの人は、と思った。だが黙っていた。林子のなかには源のことしかなくて、夫なんかどうでもよかった。人非人であろうがなかろうが関係なかった。夫は続けて、財布を落とした、と言った。よっぽどぼんやりしていたんだ、ぼくは。林子はそれも無視した。

そんなことがあったのを思いだした。

――女の子のことは、わたしが女の子に思ったことは、あのときの夫の話と同じではないのか。

林子は頭を振って立ち上がり、皿を流しへ運んだ。エプロンを取り、上着を着て、鏡の前に立った。掌で頬を二三度叩き、仕事に行く顔を作った。とりあえず昨日の夕方源は生きていた、今日も生きている、明日もきっと生きていられる。そこまででいい。ほかのことはいい。

林子はかばんを持って靴を履いた。


夜までたて込む仕事が数日続いたあと、林子は久しぶりに病院へ寄った。こんな早い時間に行くのは初めてで、病院は違った表情に見えた。廊下の向こうから、夕食を積みこんだ配膳車が何台も、白い作業衣の女の人たちに押されてやってきた。林子は窓際によって一団が通りすぎるのを見送った。女の人たちは磨かれた床板に白いゴム靴を音もなく滑らせ、重そうな配膳車を手際よくさばいて廊下の角を内科病棟の方へ曲がっていった。

煮物の匂いがふわりと廊下に残った。

林子は、窓の外、中庭のベンチに母と子らしい二人が並んで座っているのに気がついた。暮れる前の秋の陽が建物の間から斜めにさしこみ、二人のいる場所をまるく包んでいる。女の子はみかん色の帽子をすっぽりかぶっていた。五、六歳くらいに見えた。二人はお手玉をしていた。母親が紺色のコートを着た腕を右左みぎひだりと上げ下げすると、お手玉が弧を描いて跳びはねる。女の子もガウンの袖を同じように上げ下げして、膝の上で小さくお手玉を跳ばしている。

そんなつもりはなかったのに、林子はそこにあった扉を押して数段の階段を下り、中庭へ出ていた。

林子は、二人が同じしぐさで顔を上げて、こちらに視線を向けるのを見た。そっくりの目をしていた。

「ごめんなさい、おじゃまをしてしまって」

林子は自分のしたことに気がつき、小さい声で詫びた。

「いいえ」

母親が軽く笑って言うのに続けて女の子が言った。

「こんにちは」

「あ、こんにちは」

林子は、二人の間にぬいぐるみのうさぎが座っているのを見た。うさぎはワンピースを着てエプロンを掛けていた。

「かわいいうさぎさん」

「ママが作ったの。帽子も」

廊下のガラス越しにみかん色に見えた帽子は、近くで見ると、オレンジと明るいグレイの毛糸を細い縞に編んだものだった。

「どうぞ、ここ、よろしかったら」

「ありがとう」

林子はベンチの端に浅く腰を下ろした。

女の子は母親ととつぜん現れたおばさんを見比べていた。

母親は微笑んで座っていた。

今から外科病棟へ行ったら、ちょうど源が夕食を食べているだろうと林子は思った。

りんごのきんとん

紅茶の茶碗を流しに持っていこうと立ちあがったとき、左胸に痙攣が走った。来た。今朝は胸についた。びく、びくびく。茶碗を食卓に戻し、椅子の背につかまって、しばらく待ってみる。痛みのはじまりはきついが、そのうちに少し体になじんでくる、といっても収まるわけではなくて、いったん取りついたびくびくは半日から一日続く。動悸を三十くらい数え、息が一応整うと、林子は紅茶茶碗とパン皿を両手に持ち、歩きだした。

二人分の朝食は子どもたちがいた頃の半分の皿数になり、ベーコンエッグをやめてしまった分フライパンも皿も汚れなくて、後片づけの面倒はずっと減っている。その分林子の歳が増え、あろうことかおかしな痛みまで加算されて、家事の手間はけっきょく同じだ。うまくできている。なんとなく笑えてくる。びく、びくびく。左鎖骨と脇のあいだのあたりで筋肉が痙攣するのが意識の半分くらいを占める状態で、それでも習慣で食卓から台所へ、風呂場へと一応体を動かす。洗濯ものを洗濯機に入れるまではやったが、次に浴槽を洗いかけていやになり、後回しにする。床のあちこちのほこりを見て掃除機を出してきたところで、やる気がなくなる。もう昼に近くなっていた。

びくっと、新しい痛みが足についた。

以前医者に、痙攣は目で見てわかりますかと聞かれたとき、林子はすぐには答えられず、さあと言って少し考え、見えてないと思います、とあいまいに言った。思いますって、二十年も前からなんでしょう、一度おさまったが三、四年前からまた出てきたと言いましたね、そんなに長く痙攣が続いているなら、自分で確かめてみているでしょう。林子はさあと言うしかなかった。わかりました、皮膚の表面に痙攣は起こっていない、と。血液検査で異常は認められない、と。内視鏡もＭＲＩの結果も内臓に異常なし、体のどこもなんともない、だが患者さん本人は痛みを感じている。そういうことですね。林子ははあと言った。

胸や腹の痙攣は腹腔や内臓に響いて、——じっさいは響いてないのだろうが林子としては響いていて、ひどいときは体を折りまげるほどだが、手足のときは表面のことだから、てなずけやすかった。一度に二か所取りつかれると厳しいが、待っていればひとつは消え、残るひとつもそのうちなくなる。痛みは、すでに林子自身になっているような気がしないでもなかった。

ほかの人には感じられない、医学的な証拠もない、となれば、林子の痛みは林子の痛みでしかない。

実体がない痛みが、実体として体のそここここを経めぐる。

チェシャ猫みたいだ。アリスの物語のなかで、木の股に座りこんでにやにや笑っている猫。たしかしっぽの先から消えていく。胴体が消え、頭が消え、顔が消え、にやにや笑いが残る。猫のない、にやにや笑い。

この痛みで死ぬことはない、林子の生死に関わらない痛み、ということは林子が死んでも痛みは残るのだろうか、チェシャ猫の笑いと同じに。

日曜日の昼、久しぶりに源一家が来た。座布団を二枚重ねて高くした椅子にリューがよじのぼって、食卓につく。林子はスヌーピーの絵皿に熊さんの顔のついたスプーンを添えてリューの前に置く。

「はい、りんごのきんとんです」

前日の午後、林子は腕についた痛みをなんとかだましながら、きんとんを作った。さつまいもを茹でて、スピードカッターですりつぶし、鍋に移してしゃもじで練る。練るのに一時間以上かけた。ねっとり練り上がったのを確かめて、さいのめに切ったりんごを入れる。卵の黄身をまぜてやると、きんとんの肌はいっそう黄金色を増し、鍋のなかでほこらしげに輝く。重箱に移してからは用もないのに、林子は二回も蓋をとってきんとんの艶を確かめた。

「ぼく、お箸で食べる。五歳になったから」

リューが言い、熊さんのスプーンを皿からのけた。

「はいはい」と林子は台所の引きだしを探して割り箸の小さいのを見つけてくる。

リューは皿のきんとんをすぐ食べ終わり、いなりずしを食べ始める。

「きんとん、おかわりは」林子は言う。

「もういい」リューが言う。

「おかわりすれば」リューのとなりの椅子で綾子さんが言う。

「いらない」とリューが言った。

リューが歩き始めたころ、子守りを頼まれたとき、思いついてりんごのきんとんを作っていった。リューはいたく気に入り、林子がはこぶスプーンが間に合わないほど口を開けて催促した。少し煮えてとろけたりんごがとくにおいしいらしく、鉢に指をつっこんでつまみだして食べた。綾子さんが用意して置いていった昼ごはんはほとんど食べなかった。林子はタッパーに詰めて持っていったきんとんの残りを冷蔵庫に入れて、満足して帰ってきた。

四、五日した夜電話が来て、いきなりリューの声がした。何か言っているが、わからない。え、なに、もう一回言ってちょうだい。リューがひとつの言葉をくりかえすが聞きとれない。リューはいっしょうけんめい言っている。源が替わってくれて林子はほっとした。

「りんごのきんとん、言うてんのやで」

と源が言った。

「さっきから冷蔵庫の前に立って、りんごのきんとん出せ、言うてる。もう食べてしまったよ、と言うても納得せえへん。空のタッパーを見せて、やっとわかってくれた。で、おばあちゃんに頼もうな、という電話です」

林子は体がほかほか温かくなってきた。

源と綾子さんが結婚した最初の正月、林子は二日がかりでいろいろ作って三段の重詰めをととのえた。中段のきんとんには、奮発していちばん大きな瓶詰めの栗をたっぷり使った。ふたりはやってきて、行儀よく重箱の前に座った。きんとんを食べながら源が言った。

「きんとんはやっぱりりんごだな」

源と圭が小さかったころ、おせち料理を作る材料を買いそろえるとき、栗の瓶詰めはずいぶん高い値段に思えた。教科書にしていた『婦人之友』の料理本に、幼児向きにはりんごで代用するのもいいでしょうとあったのを試してみたのが好評で、以後林子のきんとんはりんごが定番になった。スピードカッターはまだなかったから、大きいさつまいも三本を裏ごしするのは一仕事だったが、そのうち裏ごしは息子ふたりの仕事になった。練り上げたさつまいもにりんごを混ぜる加減は、圭は生のままと言い、源は柔らかく煮ると言って譲らなかった。正月でなくても、りんごのある季節ならしょっちゅう作った。

「よそでそんなこと言わないでよ、みっともないよ」

と林子は言った。笑いがひとりでに出てきた。

息子たちがりんごのきんとんを卒業したのは何歳くらいのときだったか。いつのまにか、と言うしかない遠い過去のことだ。

昔日のりんごのきんとんがリューの電話で復活した。源の家へ行くとき持っていき、源一家が来るとき帰りに持たせる、そう頻繁ではない、数か月に一回のことだったが、ピンク色の蓋のタッパーふたつが専用の容器になった。林子は「きんとんのおばあちゃん」という名をもらった。

リューは五歳になったから、りんごのきんとんを卒業したのだろうか。早くも。

綾子さんがリューを連れて早めに帰り、源が残った。今までにないことで、林子は気がかりになった。源とふたりで食卓にいるのは何年ぶりのことか、考えてみたがわからなかった。源はきんぴらごぼうと手綱こんにゃくの皿を前にして、座っていた。べつになにを言うでもなかった。

源と圭は大学のころ実によく飲んだ。林子はとくに酒の肴を作ったつもりではなくて、夫と四人の夕食のおかずを作っただけだったが、息子たちは、これは飲み屋の肴や、うちは飲み屋やったんか、と言った。飲み屋へ行ったことのない林子が、飲み屋の肴ってどんなの、と聞くと、ふたりは、だからこんなんや、と言った。林子は食卓いっぱい飲み屋のおかずを並べ、床にビール瓶が林立して景気がよかった。ビール代はふたりがアルバイトの収入から払った。

それからの歳月に源が病気をし、回復して生きのび、その代償であるかのように心を病み、ふたたび復活した。林子は横にいて源に何をすることもできなかった、独立した社会人である息子の横にいることさえもできなかった。

目の前の源は中年になり、目の下に隈をつくっていた。ビール一本のあと日本酒を飲み始めたが、コップの酒はほとんどそのまま残っていた。

「おじさんになったね」林子は言った。

「ああ」と源が言った。

「俺が仕事から帰ってむすっとしてると、リューがそばへ来る。いつのまにかすーっと来ている」

「お父さんを慰めに来るの」林子は聞いた。

「慰めに、ではないな」

源は言葉を切りながら言った。

「自分の場所を確かめに来る、という感じやろうな。位置が不安になるというか、それほどはっきりしたものではなくて、でもなにか、リューなりのそういうもの」

「五歳というと、もうそういうときなのね」林子は言った。

源が五歳、圭が四歳の晩秋、林子はふたりを連れて静岡の実家へ行った。夫と別れると決められもせず、ともかく家を出ようという、しまらない家出だった。ふたりは朝になって急に幼稚園をお休みすると言われ、新幹線に乗れてうれしいのだが、うれしがっている場合ではないらしい気配も感じた。おじいさんの家に着いても源ははかばかしい挨拶ができず、圭も源を見習った。父の方も、母が亡くなって六年目、なんとかひっそり一人の日々を暮らしているところへとつぜん娘と孫たちに転がりこまれても困惑するばかりだ。この子たちは大人の顔色を読むのか、子どもらしくない、と父は林子にあたり、文夫くんはいったいどういうつもりなのだ、すぐ呼びなさい、と言った。林子は大阪に電話をかけた。夕方、夫が来た。父と夫は一時間ほど座敷に入っていた。話す声は聞こえなかった。ふすまを開けて出てきた夫は額に青筋を立て、もうこの家には葬式にも来んからな、と口の中で林子に言い、まっすぐ玄関へ行って靴を履いた。どこかにかくれていた源と圭が現れ、するりとそばに立った。

「パパ、手、あげてみて」

夫はあいまいな微笑を浮かべて、手を挙げて見せた。

「あげたてんぷら、おいしいな」

源と圭が声をそろえて言った。幼稚園ではやっていた言葉あそび。夫はふたりにちょっと手を振って、引き戸を開け、出て行った。

パパはどうしてすぐ行ってしまったの、とも、どうしてお泊まりしないの、とも、ふたりは林子に聞かなかった。

林子は次の日二人を連れて大阪へ帰った。源と圭は頭をくっつけて、新幹線の窓の外を見ていた。金の星幼稚園と刺繍したリボンのついた帽子がふたつ、林子の目の前にまるく並んでいた。

そのときの源がちょうど今のリューの年齢だった。

夜、帰ってきた父親のそばにリューが寄っていく様子を、林子は頭に描いてみた。父親が食卓の椅子にぐたっと座っている。目の下に黒い隈を出して、難しい顔をしている。リューが距離をとりながら近づき、父親の肩をちょっと手でさわってみる。やわらかい髪の毛が父親の顔をかすめる。父親は昼間の日向のにおいを感じる。

源と綾子さんとリューは仲のいい家族だった。それでも、五歳になったリューには、ときに手で触ってたしかめたいことが、あるのだろう。座った父親の肩の高さほどの体と、くりんと丸い頭に、思いというか、心というかが、すでにちゃんと存在しているのだ、あるいは収まりきれずにあるのだ、あのころの源と同じに。五歳の源と、リューはそっくり似ていた。

　リューが生まれて六か月のとき、綾子さんの産休明けと交替して源が育休を取った。一年て言うてみたら半年に値切られた、会社に育休の制度はあるけど、実際に使う父親は俺が初めてやで、と電話で源が笑った。林子は様子を見に池田のアパートへ行ってみた。源は負ぶいひもでリューを背中にくくりつけ、慣れた手つきで米をといでいた。家事をするにはこれが一番なんや。百八十センチある源の背中で、リューは「たかいたかい」をしてもらいっぱなしの具合だ。畳に座っている林子からはリューはぐっと見上げる高さにいる。源は、このかっこうで朝早く近くの五月山へ鳥の声を聞きに行く、昼には電車に乗って授乳に連れて行く、と言った。林子の目の前に、息子と息子の息子が、そういう姿で立っていた。

　源とリューのふたりは、そうやって五年の時間を暮らし、今の源とリューになった。もし源が五歳だったあの秋、あのときだけでなく、ほかのあのときにも、またほかのあのときにも、林子が別の選択をしていれば源は別の育ち方をした。今の源とリューではない、違う源とリューになっていたはずだ。

　しかしそう思うのも間違いかも知れなかった。

たしかなことは、何もないようだった。

確かなのは、自分の体を走りまわる痛みだけの気がした、それと七十六歳という年齢と。いや、痛みも、体のないチェシャ猫の体を走る痛みだった。

年齢の方は確かだった。

日本酒が入ったままのコップを前にした源が、長いこと黙っていたあと、ふと言った。

「伊坂幸太郎、ええな」

「ああ、『重力ピエロ』読んだわ」と林子は言った。「いいね」

源が本の話なんかしてくれるのは、ほんとに何年ぶりだろう。『重力ピエロ』は泉水と春という名の兄弟の物語だ。源にはずっと圭がいた。いま離れていても源に必要があれば、地球の向こう側からでも即日現れるだろう。リューにきょうだいがいればいいね。思ったが、林子が言うことではなかった。

かわりに、林子は自分で思いがけないことを言っていた。

「あなたね、わたしより先に死んじゃだめだよ」

源がごくあたりまえの口調で、ああ、と言った。

気がつくと、前日からの腕のびくびくが消えていた。

昼下がりの町の音

角氷がひとつ冷凍室の隅にころがっていた。冷蔵庫の水タンクに入れた水がどの時点かでかたまり、冷凍室左側の氷箱のなかに、ふつうならきちんと落ちて溜まっていくはずだ。最初に見たときは、なんとも思わず拾って氷箱に入れた。

以来、一日に一個、ころがっているのを見つける。一日一個より多くなることはないが、見つけない日はない。タンクの具合を調べたが、べつに変わったことはない。

そのうち、「きん」という音を聞くようになった。

林子は、家にいるときは、なにをしていても意識の隅に冷蔵庫が存在するようになった。がらがらと氷が落ちてくる、終わりに「きん」と言う。それで静かになる。行って冷凍室の引きだしを引き出すと、氷箱が氷でいっぱいになっていて、別に、カレーを入れたタッパーの上に氷が一つ載っている。氷箱の氷たちと変わらない、四角く、透き通った氷。

林子は、最後に落ちてきたひとつがはじき出されるのだと思った。

なぜ、毎日一個はじき出されるのだろうか。

あんた、なにか悪いことをしたの、と林子は氷に言った。

意味の分からないできごとがしばしば起きる。老いと言ってしまえば言えるかもしれないが、悪意がこめられているように思える日もある。いや、それも違う。強いて言うなら、いる場所をとりちがえている感じに近い。


昼下がりの店は静かだった。奥のテーブルで女性客がひとり、本を広げている。店の人はさっきまでカウンターでナプキンをたたんでいたが、調理場に入っていった。

林子と花巻さんは、それぞれティーポットと紅茶茶碗を前にして座っていた。入って右側のいつもの席。白木の丸いテーブル、籐で編んだひじかけ椅子、じゃまにならない音楽。ポットは子象のかたちをしたカバーをかぶっている。林子のところへきたのはだいだい色の象で、花巻さんの象はクリーム色だ。林子は象の耳を持ちあげて、ぱたぱたさせてやった。耳の下から黒いボタンの目があらわれて、ぱたぱたにつれてまばたきする。

高校で仲のよかった花巻さんと六十年近くもたって出会ってから、二、三か月に一回くらい落ち合ってランチとお茶をするのがここしばらくの習慣になっていた。とくに話題があるではなく、黙っていてもかまわない。しゃべりたければ相手は聞いてくれる。

林子はだいだい色の象をどかして、ポットを手にとり、二杯めの紅茶を注いだ。白い磁器の口から湯気がまっすぐ立ち、匂いが満ちる。紅茶は一杯めより赤色を増して、林子の好みの濃さになっている。

花巻さんもカバーをはずして、ポットの取っ手を持った。

花巻さんは右手で取っ手を握ったまま、左手で椅子の脇に置いた杖を片寄せ、バッグから携帯電話を探り出してテーブルに置いた。林子が見るともなく見ていると、花巻さんはしばらく電話に目を当てていたが、ポットを傾け、電話に紅茶を注いだ。

花巻さんは表情を動かさず、当たり前にふるまっていた。

銀色の携帯電話の肌が初めちょっとのま液体をはじき、すぐ水浸しになった。紅茶がテーブルを流れた。

そのころになってやっと林子は声を出した。あー。

それから林子は花巻さんの手からポットを取りあげ、テーブルの紙ナプキンを束のままつかんで携帯電話に押しつけ、ポケットからハンカチを出してテーブルの水たまりにひたした。象を反対側に避難させた。

水たまりがテーブルの端きわきわに盛りあがり、少しだけ踏みとどまってから決壊し、小さい滝を作って床に落ちた。


翌日林子はやはり気になって花巻さんに電話をした。携帯ではなく家の電話へ。

「どう」

「うん」

花巻さんがいつもの声で答えた。

「落ちついた？」

「あたしは落ちついてるわよ。林子ちゃんはどうなの」

こっちが聞いているんじゃないか、と林子は思う。

「わたしも落ちついてるわよ」

電話の両側でしばらく沈黙があった。

「携帯はどうするの、新しいのを買うの」

「さあ」

花巻さんは気のない返事をして、違うことを言った。

「まあね、お互いなんにもないわけはないよね、この年まで生きていれば」

たしかに。言葉に出さず林子はうなずいた。

「昨日着ていたセーター、白いセーター、おなかのところが丸いしみになってた、きれいな赤い色の」

それからまたふたりは黙っていた。

「正解はないよね、このままずーっと、結論なしでいくということだよね」

花巻さんは真っ平らな言い方をした。

「帳尻が合わないいんだよね」

林子もつられて同じような言い方になった。

「わたしの帳尻」

「そりゃ合わないよ、八百屋じゃないんだから」

花巻さんがにべもなく言った。

「まるごと抱えなきゃしょうがないでしょ、合わない分まで含めて林子ちゃんなんだから」

「いつまで」

「ずーっと」

林子はガラス越しに雲を見ていた。

「もしかしたら、いつか、答みたいなものに触れたという感じがあるかも知れない。ないかもしれないけれど。どっちみち、ずーっといくしかないよ」

十二階の窓の外で雲が切れて、早春の午後の陽が部屋にさしこんだ。陽は受話器を持つ林子の手もとまでのびて来た。

「それでも人は、あえて元気でいないといけないいんだよ、生きている間は。義務みたいなものよ」

「――」

「大丈夫だよ、なんとかなるよ、林子ちゃん」

電話を切ってから林子は、こっちが心配してかけた電話だったのに、と思った。

泉町商店街の入り口に、昨日までなかった立て看板が出ていた。

月が見ているあなたの放火　天王寺消防署

林子は立ち止まって、しばらく眺めた。狭い商店街の両側の店が夕方のにぎわいを濃くしていく。アーケードの向こうの空の色が落ちていくにつれ、通りの灯は明るさを増し、呼び売りの声が響き出す。

脈絡なく浮かんだ。ずっと前、源がまだうちにいたころ、言ったこと。お母さんは困難なことだとおもしろがるなあ。じっさいはそんなことはない、自分はもっと意気地ないと言いたいが、源がそう見ているということが以来林子の胸の中であかりになった。オレンジ色のまるいあかりが何かのときに点いた。

いつもの八百屋では、店先のキャベツや大根に次々半額のシールが貼られていくところだった。林子は四分の一に切ったかぼちゃを手に取った。

「ああ、そのかぼちゃな。うまいで」

おじさんがシールを貼ってくれながら言った。

「おっちゃん包丁で切るやろ、そんときええかぼちゃかどうか分かるんやで。ぴたーっと肉が包丁にひっついてくるのんが、ええかぼちゃ。ほれ、種もびっしり詰まってるやろ、九十九パーセントまちがいない」

「そうなの」

「あかんがな、のり悪いなあ、一パーセントはどうなるの、とこう返さな、大阪で主婦やってられへんで」
向かい側のゲームセンターの前で、ピンク色の大うさぎが林子に手を振った。

三月十一日。地震。津波。原発事故。

春寒がすっかり消えたある日、花巻さんからメールが一行来た。
――あたしは失うものはもう何もない。覚悟をきめた。
林子も一行書いて返信ボタンを押した。
――わたしも決めた。元気でいること、生きているあいだは。

朝日新聞五月十日朝刊
――九日午後七時ごろ、兵庫県淡路市岩屋の神戸淡路鳴門自動車道下り淡路サービスエリアから少し離れた林の中で、止まっていた白のカローラの車内で女性が死亡しているのを淡路署員が見つけた。車内に練炭が入った七輪や睡眠薬のシートがあったことから、同署は自殺と見て身元の確認を急いでいる。同署によると、女性は七十歳から八十歳ぐらい。サービスエリア管理会社の職員が巡回中、約二週間前から車が同じ場所に止まっているのに気付き、県警に通報した。女性は運転席に座った状態だった。窓は紙が貼られていて、外から姿は見えなかったという。

十一日夕刊

――淡路市岩屋で遺体で発見された女性の身元が判明した。兵庫県西宮市の無職花巻瑞子さん（77）で、電話が通じないことを不審に思った親族がマンションを訪ね、異変に気づいて捜索願を出していたもの。花巻さんは一人暮らしで日ごろからカローラを愛用していた。

昨日と変わらない五月の朝が明けた。

眠らなかった頭は、石のかたまりを載せているようだった。林子はむりやり台所へ体を運んでいった。蛇口をひねって昨夜使った急須と湯飲みを洗い、やかんに水を入れる。やかんをガス台に載せ、ガスを点ける。食パンを切る。パン皿と紅茶茶碗を食卓に並べる。やかんの湯をポットに入れ、ゆっくりゆすって温めてから紅茶茶碗にうつす。戸棚から紅茶の缶を出し、葉をスプーンで山三杯すくってポットの底に置く。やかんがしゅんしゅん言い出すのを見とどけて、一気にポットに注ぐ。結婚してから五十七年、毎朝、朝一番にしてきたことは手がひとりでにしていて、気がつくと澄んだ赤い色のお茶が茶碗に入って目の前にあった。

だがやはり間違えていた。ふだんの朝食より三時間は早い。それなのにいつも通り夫の分も紅茶をいれてしまっていた。

赤いお茶にミルクを注ぐ。いっしゅん白いものが赤いなかに沈んでからわきあがり、すぐ全体を赤茶色にならした。よくよく知っている、やわらかい色。林子は椅子に座ってお茶を飲んだ。お茶は温かく、いい匂いをたてて、おなかの中にしみとおっていった。おいしかった。おいしいと思ったことがいっとき不思議に思えたが、頭はすぐ石のかたまりに戻った。石の頭のまま林子はジャケットの袖に腕を通し、靴を履いた。

町は明るく、からっぽだった。阪急梅田駅も出勤時間にまだ早く、広い駅のなかを数人が歩いていた。神戸行きの電車も人は乗っていなかった。林子はまん中あたりの車両のまん中の椅子に座った。先頭車両から後尾まで空の椅子が並んで電車の走りに従って揺れるのが、見渡せた。林子は映画の中の電車に乗っているような気がした。夙川《しゅくがわ》で乗り換えるころから制服の高校生が乗ってきた。終点の甲陽園の改札を出て、林子ははじめて、花巻さんのマンションを知らないことに気がついた。自宅を訪ねたことは一度もなかった。住所に甲陽園とあるので甲陽園の駅で降りたまでだった。本庄町三の五、甲陽ハイツ。手帳の住所を駅前の地図看板に合わせて五分ほど歩いていくと、探すまでもなく甲陽ハイツの表札が掲げられた小ぶりの建物の前に出て、林子はむしろ驚いた。ランドセルをしょった女の子がふたり、待ち合わせをしている様子で立っていた。扉を押して入ると、ガラスの自動ドアの横にインターホンがあって、名札が出ていた。六〇一号室　花巻。林子はチャイムを押した。一回、二回、三回押した。応答はなかった。自動ドアの内側でエレベーターが開いて、ドアから出てきた女の子が林子の顔を見上げた。

林子は元の道を歩いて始発の甲陽園から電車に乗り、夙川で乗り換えて梅田に戻った。今度はどの駅も通勤の人と学生でいっぱいだった。地下鉄もいっぱいだった。林子はドアのそばに身を縮めて立っていた。自分が場違いな空気を体に巻きつけていることを感じた。

家に入ると、夫が、今起きてきたという顔をして食卓にいた。

「どこかへ行っていたの、何ごとなんだ朝から」

「ちょっと」

林子は冷えた紅茶のポットを食卓からとって台所へ行き、流しにざっとあけた。

六月末の午後、林子が電話に出ると、相手は高畑と名乗ってから、花巻の従妹の者でございますと言った。挨拶の後、恐縮ですが少々お時間をいただけますか、預かっているものがありますので、と言う。林子は花巻さんとときどき会っていた堂島の店の名を言ってから、あ、すみませんと謝り、梅田のビル一階フロアにある喫茶コーナーにあらためた。

——明日の二時でいかがでしょうか、では。

高畑という人は先に来ていた。林子がフロアを歩いていくと、窓を背にして座っていた人が立ちあがって軽く頭を下げた。グレイのスーツを着ていて、なんとなく花巻さんに似ていないでもなかった。

ふたりとも、言葉は少なかった。吹き抜けの上から下までガラス張りで、ガラスのすぐ外の歩道を人が行き交い、向こうは大阪駅、遠景には工事中のクレーンが何本も立つ。フロアのなかも広い空間を人の流れがたえまないが、音が吹き抜けに吸い込まれる仕掛けなのだろうか、意外と静かだった。なにより、開けて明るい場所だった。ここにしてよかったと林子は思った。

花巻さんは、車に、ガムテープでしっかり目張りしていたそうだった。練炭をふだん使ったことはないでしょうにどうして思いついたのでしょうか、と花巻さんの従妹は言った。二人の間に置かれたコーヒーは手をつけないまま冷えていた。

しばらくの沈黙の後に、ふいに相手が言った。

「花巻は、娘のことはお話ししておりましたか」

「お亡くなりになったことは聞いています。就職されて少ししてでしたとか。そのあと花巻さんが離婚なさったことも」

「娘は自殺でした」

「――」

「意識がないまま病院で二年生きていました。花巻と夫は娘のいのちがあるあいだはそのまま、娘が終わったら自分たちのあいだも終わりにしようと、まあ協定を結んだのですね、ことが起こった時点で」

林子は、花巻さんのことをほとんど何も知らなかったと気がついた。胸のところが冷えこんでいった。

「ごぞんじと思いますが、高校を定年まで勤めたあと進学塾で数学の講師をしていて、ひとりの暮らしにさしつかえはなかったと思います。足を痛めて杖を使うようになるまではずっと山に行っていましたし、お友だちも多かったようでした。傍目からは自由な人に見えたかもしれません」

「ご主人は、そのあとは」

「向こうもひとりでした。花巻とたまに会うこともあったようです」

「ご主人には、今度のことは」

「私から知らせました。警察の何やかやとか役所の手続きとか、ぜんぶあの人がしたのです。部屋の片づけは私とふたりでやりました。きれいに始末がつけてあって、することはほとんどなかったのですけれど」

従妹は、バッグから薄い紙包みを取り出した。

「このメモが上に載せてありました」

ブルーブラックのインクで南林子さまと横書きした下に、電話番号があった。それでわたしに電話を、と林子はやっと気がついた。

包みは本のようだった。

「今開けましょうか、それか、帰ってからのほうがいいですか」

「どちらでも、よろしいように」

従妹の人ははじめて少し笑った。

「従姉と加藤和彦の話をなさったことはあったでしょうか。想像ですけれど、去年加藤和彦が亡くなったときから、死ぬという選択が従姉のなかに入ってきたのではないかと、そんな気がします、違うかも知れませんが」

従妹の人は立ちあがり、ではこれで、と言って深く頭を下げ、しばらくそのままの姿勢でいてから、歩きだした。背筋がのびた後ろ姿だった。


林子は梅田から地下鉄に乗った。従妹の人が言った加藤和彦の死のすぐあとで花巻さんに会ったときのことが、記憶を探るまでもなく思いだされた。

「林子ちゃん、人は昔の歌を歌っちゃだめなんだよ」

そのとき花巻さんは林子に会うといきなり言った。

「加藤和彦はジョン・レノンになれなかった、なるはずだったのに。新しい歌を作れなくなって、自分はジョン・レノンになれないとわかって、これ以上生きるのをやめた、そういうことだと思う」

――コンサートで過去の歌を歌うことはなかった。自分のコピーはしない、それが加藤和彦だった。六十歳すぎて一回だけフォーククルセダーズの再現コンサートとして若いときのフォークを歌ったのは、それはそれでいい。だけれどそのあと、ファンの要望に応じて昔ヒットさせた曲をひんぱんに歌うようになった。作り続けてきた人が、年を取って作れなくなったのだとあたしは思った。それで加藤和彦はやっぱり加藤和彦だったから、自分をコピーする自分を殺した、そういうことだと思うわよ。

去年十月花巻さんが言った言葉が、地下鉄の座席に座っている林子のところに、膝に一つの荷物を置いているような具合にあった。林子はじっさいに膝の上に紙包みを載せていることに気がついて、ちょっと笑った。花巻さんがそう言ったとき、林子はよくはわからないが花巻さんに危ない気配を感じ、言い返してみた。自殺の原因は外からはわからないんじゃないの。自分でも気が利かない言いぐさだったが、案の定花巻さんがたちまち押さえつけた。決まりきったことを言うんじゃないよ林子ちゃん、あたしが思った話をしているのよ。自分がこう思うってほかに何がある？　何か言えることがある？

谷町四丁目駅のホームに下りたとき、横をゆっくり行く父子づれに目がいった。男の子がたよりなく歩くそばを、スーツ姿の若い父親が子どもの肩に手を添え、エスカレーターの方へ行く。父親が腕にかけている水色の小さい服は保育所のスモックらしく見える。男の子は額に青い熱さましのシートを張っていた。

「お熱が出たの」

林子は思わず子どもに声をかけていた。父親がびっくりした風に林子を見て、はあ、熱が出て、と言い、少し笑って頭を下げた。

きっと保育所はお母さんの職場に電話をした、お母さんはどうしても仕事を抜けられなくて、困って、夫の会社に電話した、と林子はかってに推測した。家に入ったら父親はまず何をするだろう、冷蔵庫を開けてジュースをとり出すか、服を脱がせてパジャマを着せるのが先だろうか。

「お大事に」

熱のある子どものやわらかい体。林子の掌のなかに何十年前の感触があった。

十二階の窓を開けると、もうじき夏になろうとしている空があった。

部屋を風が通っていった。

紙包みの端がかんたんにセロテープでとめてあるのを指先で剥がす。新書の大きさの本が出てきた。カバーの紙が少し黄ばんでいる。
李賀　中国詩人選集14
林子は中国語は多少読めたが、李賀という名は初めて見た。荒井健　注、とある下に四角く枠で囲って黒白の風景の絵が置かれている。カバーを外すと黄色い布表紙があらわれた。なかみの紙のこなれた手触りから、本がしばしば開かれていたことが感じられる。
林子は付箋が貼ってあることに気がついた。目立たない白い付箋で、頭もほとんど出していない。頁を開けると、漢字の列がぱらりと組まれ、下の段に日本語の読み下し文があった。それぞれの出だしの部分に、鉛筆でうすく線が引いてある。

飛光飛光　勸爾一杯酒
飛光よ　飛光よ　なんじに一杯の酒をすすめん

李賀という人は何に酒を勧めたのか。しばらくのあいだ漢字と平仮名の連なりを眺めているうちに、林子は、詩人は目の前を過ぎていく時間に酒を捧げたのだと考え、それともすでに過ぎ去ってしまった昔の時にかも知れないと考え直した。
花巻さんがこの行にいつ線を引いたのか、頁にいつ付箋を貼ったのか。今度のことを決めてから林子に向けて線を引き付箋を貼ったのか、それとも前から自分のためにそうしていたのか。林子にはわからないことだった。飛光飛光　勧爾一杯酒。言葉が林子のなかに沈んでいった。

花巻さんが歌う歌とはなんだったのだろう、歌うはずだった新しい歌、もう歌えなくなった次の歌は。それもわからないことだった。

娘を自殺させてしまった花巻さんは一日も自分を許す日がなかっただろう、それははっきりしている、と林子は思った。傍目に自由な人に見えた花巻さんは正反対の拘束のなかに自分を置いて二十五年生きた。答なんかなかった。帳尻の合う日なんか一日もなかった。帳尻の合わない帳簿を抱えてずーっと二十五年。

それでも人はあえて元気でいないといけないんだよ、義務みたいなものよ、と花巻さんはいつだったか林子に言った。

花巻さんは、あえて、と言った。

花巻さんがあえてと言った意味を、林子は思った。

花巻さんが死んだ日づけは、正確にはわからなかった。だからその日が晴れた日だったかどうかもわからないことだった。今日のように風の通る日だとよかった、と林子は思った。

わたしが明日死ぬとして、今日元気でいることが、できるだろうか。三月の震災のあと、いちどは覚悟を決めたのだった、生きているあいだは元気でいること、と。

今はそう思えなかった。

林子はベランダへ出た。

眼の限りいちめん広がる建物の連なりを、町の音が低く満たしていた。

——飛光飛光　勸爾一杯酒　フェイコワンフェイコワン　チュアンニイ　イーペイジュウ。

それはない、死ぬなんてそれはないでしょう花巻さん、なんであっても、違うんじゃないの、とにかくとしか言いようないけれどとにかく。

飛行機雲が中空を西から東へ、しっぽを伸ばして動いていった。

シナモンロール三時

「夫を殺してきたんです」

と林子は言った。

カウンターの向こう側の女の人は手を止めて、林子に目を当てた。一呼吸するくらいの間を置いて、女の人は手元に目を戻し、やかんの湯をポットに注ぎ続けた。コーヒーの匂いが立ち、湯気が女の人の顔を包んだ。

「あの」

聞こえていないのだろうか。林子は間が悪く、もじもじした。

「いつですか」

女の人がポットを見つめたまま言った。

「ゆうべ、いえ、今さっき」

「うそを言うの、へたですね、お客さん」

女の人はネルの漉し袋の柄を持ちあげ、したたり落ちるしずくを見守った。林子はたちまち後悔した。いたたまれず椅子から腰を上げたとき、目の前にコーヒーカップが現れた。ポットから褐色の液体がカップに注がれ、湯気が林子の眼鏡を一瞬で曇らせた。


商店街に買い物に行くいつもの道を上町台地に向かって二筋変えてみただけで、知らない町になった。細い通りに印刷工場や機械工具を扱う会社、どれも一軒の家ほどの間口の町工場が続き、猫が秋の陽を浴びて背中をなめている。歩いていくと目の先にぱっと明るい色が入った。歩道の端に赤や黄、紫の盛りあがった鉢植えが大小かなりいい加減に置かれ、花のあいだにミントとバジルが濃い緑の葉を茂らせていた。植木鉢の後ろに旗が立っている。白地に青い十字の旗。近寄ってみるとメニューを書いた看板が立てかけてあり、オーガニックコーヒー五五〇円おかわりつき、カフェオレ五〇〇円とある。通りに面した全部がガラスで、明るい色の木のテーブルが見えた。

女の人がひとりだけ奥の方に立っていた。

白に青の十字はデンマークだったか、スウェーデンだったか。

林子はガラス戸を開けた。夕食の買い物の途中で喫茶店による習慣はなかったのに。

女の人は薄い砂色のセーターにほとんど同じ色のエプロンをかけていた。カウンターの後ろから軽く頭を下げてよこしたので、林子はなりゆきでカウンターまで行って腰掛けた。シチューを煮込んでいるらしい温かい匂いがした。コーヒーを、と言ってから、林子は目の前の壁にフィンランドカフェと書いたプレートが掛かっているのに気がついた。

女の人は頭に巻いた三角巾まで砂色だった。五十代前半だろうか、林子よりずっと若い。それなのにこの落ちつきぶりはなんだろうと林子は思った。そうか、この女の人は居場所を持っているのだ。

「お近くですか」

と女の人が口を開いたのは、やかんのお湯がしゅんしゅん言い出してからだった。

「ええ、でもこの通りは初めてで」

そのあとだいぶ時間をおいてから、「夫を殺してきたんです」と言ったのだった。

女の人は厨房に入っていった。女の人がミトンをはめてオーブンの扉を開けると、甘く熱い空気が店を満たした。オーブン皿が引きだされ、丸く輝くものがつぎつぎ取り出されるのを林子はカウンター越しに首を伸ばして見た。女の人はやがてほかほか匂いたてる大皿をささげもってカウンターに戻ってきた。

「シナモンロールです。ちょうどぴったりに来てくださいました」

入り口のボードに手書きで焼き上がりの時間が書いてあった。シナモンロール三時、ミートパイ四時。

林子は大皿を見つめた。渦巻き状態にふくらんだパンたちが晴れがましく縦横きっちり並び、つやつやと焦げた肌でたがいに押しあっていた。

女の人はそれきり黙ってカウンターに大皿を置いた。

林子はひとつを取って掌にのせた。温かさがゆっくり掌を染めていった。

外で音がした。ふりむくと、赤いセーターを着た男性が店先に自転車を停めたところだった。買い物袋を両手に提げたり抱えたりして、ガラス戸を開けかける。一目で北欧の人だとわかる、と言っても林子は北欧の人を見たことがないのだが、かってに納得してしまう、色が白くて目が青くて髪が金色の、背の高い男性。苦心して戸を開けて入ってくると、林子を見て、いらっしゃいませ、と言った。

「ヤンネ・オレックと申します。はじめまして。どうぞよろしく」

フィンランドの男の人はずいぶん丁寧なのだ、それともこの人が特別なのかしらん。林子は目で追った。ヤンネ・オレックは女の人に向かって、はる子さん、と言ったあとたぶんフランス語に変えて何か話し、カウンターの天井に頭を縮めるようにして厨房へ消えた。

「ご主人、ですか」

「似合わないでしょう、わたしよりだいぶ年下ですしね」

とはる子さんが言った。

「どうしてここで、大阪のここでカフェをしようと」

「フィンランド大使館の公金を横領して首になったのです」

林子は言葉がなく、はる子さんの顔を見た。

「うそです」

とはる子さんが言った。

「なるほど、知らない人になんでぺらぺら変なことをしゃべったのか、自分が猛烈いやになってるわけね」

と電話線の向こうの端で花巻さんが言った。

「なんでしゃべったの、あたしも聞きたいよ」

「わからない」

林子は電話機のボタンがあちこち不規則に点滅するのを気にしながら言った。

「この電話、途中で切れるかもしれない」

「いいよ、切れるまで話そう。あたしはいつまで話していてもかまわないし、いつ切れてもいいよ」

花巻さんはいつになくものわかりよく言ったが、ただちに普段の容赦ない口調に戻った。

「けっきょく殺さなかったのでしょう」

「――」

「だったらがたがた言うのはやめな、みっともない、殺すか殺さないか、どっちかだよ」

「そんな、他人《ひと》ごとだと思って簡単に言わないでよ」

と林子はうらみがましく言ってみた。

「ひとごとだもの」

と花巻さんが無慈悲に答えた。

電話機が点滅していた。

「うちの近所にごみ屋敷が一軒あるのね。男の人がひとりで住んでいる。なるべくその道を歩かないようにしているのだけど、うっかり通ってしまうことがあって、必ず考えるのね、このうちの奥さんはどの時点で出て行ったのか」

「林子ちゃんはごみ屋敷を出て行かなかった、だんなさんを捨てなかった、だんなさんといっしょになって、ええと、六十年近いのか、どんなもっともな事情があったにしろ出なかったことは事実でしょ。もっともな事情くらいだれにだってあるよ」

「――」

「林子ちゃんの考えていることなんか簡単にわかるよ。もうじき八十歳になる、あとがない、このまま終わるのか」

「――」

「六十年、つまり自分のほぼ全部の年月がむだだったという全否定。それで林子はがたがたになっている」

「――」

「だけど事実出て行かない、殺さない、としたらそのまま行くしかないでしょ」

「――」

「やり直しがきくと、どこかで思ってなかった？　甘いよ。一回しでかしたことは消せないんだよ」

「それで花巻さんは自分を殺したの」

花巻さんはしばらく黙っていた。電話機がせわしなく点滅した。

「林子ちゃんにはまあ無理だわね、しないほうがいい、前後たいへんだからね、練炭を買うのだって車に目張りするのだってけっこう面倒だったよ」

電話機がすべてのボタンをいっせいに赤く全開し、次いでばたんと消した。しばらくつーと言っていてから黙りこみ、ただの黒い機械になった。

二上山の向こう側

「けっきょく」

と電話線のずっと先で花巻さんが言った。

「林子ちゃんはどう見ても別れる方がまともなところで別れなかった、子どもがいたから」

林子は口の中で、うん、と言った。十二階の窓ガラスの遠景に、二上山がちゃんといる。高い方の頂が左、なだらかな鞍部を越えて右が低い頂。七年前中古マンションの物件を見て歩いていたとき、東南の空の下に青く座る二上山の姿を窓越しに見つけて、ここに住むことを決めたのだった。七年の間に、山のこちら側、大阪の町のコンクリートの建物群はびっしり濃く立ちふさがり高さをぐんと上げたが、ふたつの頂の眺めはまだだいじょうぶだった。

「なんとクラシックな理由だことね、なに時代の話よ」

林子はいっしゅん二上山のことかと思ったが、もちろんそうではなかった。

「たしかに」

林子は電話に向かってうなずいた。

「最後の一マイルをどう歩くか。今のことだから百まで生きてしまうかもしれないけど、そうとしてもこれまでのやり方で考えたり感じたりできるのはよくて五年。時間がない。わかるわよ」

「――」

「どう歩くか、と言ってこの足腰でどうもこうも歩きようもない、だからよけい、考えるだけ考える。それもわかる」

「――」

「今までにしたことは取り消せないし、やり直せない、そう見きわめをつけたら、では生きてきた八十年、でなくても家庭を作ってから六十年、してきたことはなんだったのかと自分に問う。そういうなりゆきになるよね」

「――」

「あたしの場合は、大まちがいだったという結論を出した。子どもを自殺させてしまったのだからどうしようもない、あたしにはそのあと生きている意味はまったくなかった」

「花巻さんが自殺したのは娘さんのことから二十五年たっていた、そのあいだ花巻さんはずっと自分の意味を考え続けていたの」

「そう、あ、そうじゃない、意味じゃなくて」

花巻さんは珍しく気弱く口ごもったが、たちまち体勢を立て直した。

「だからよ、最後の一マイルの地点から見て、子どもがいたからだんなさんと別れなかったというのは正当化してないかね、自分を。いいわけと言いたくはないだろうけど、少なくとも子どもを大義名分にしてないかね。自分にけりをつけた人間としてあたしにはそう見える」

「そうかもしれない。そういう言い方で言うなら、きっとそうだ。だけど」

ドアの外で小さくかりかりひっかく音がした。

「ごめん、ちょっと待って」

林子は受話器を置いて立っていき、ドアを細く開けた。黒と茶のしましまの虎猫がおなかをドアのすきまにくねらせてするりと入ってきた。

「ジャム子が来た」

と林子は花巻さんに告げた。

「近くの呉服屋さんにいた猫なんだけれど、家を出てきてね、このマンションの一階の奥さんが面倒を見ていて、うちにもときどき来るのね」

前の歩道でキャットフードを食べていた猫が、通りかかった林子の顔を見あげ、エレベーターで十二階までついてきた。しっぽをぴんと立てて家じゅうを見てまわり、ソファの下に手を突っ込んでごみをかきだし、ふんふん匂いをかいだ。あんた煮干し食べる？ 猫は煮干しを食べ、ぴちゃぴちゃ舌を鳴らして牛乳を飲み、日だまりの床に拡げて干していたバスマットの上に寝場所を見つけた。やがて起きあがって顔じゅうを口にしてあくびをし、うろうろする。ドアを開けてやると、心得たふうに非常階段を下りていった。以来気が向くと階段を上がってやってくる。林子が帰ってくるとドアの前で待っていることもある。すんなり細い体つきからまだ若い猫だと思っていたが、一階の奥さんの話ではもう子どもを生んでいて、その息子が成長したところで呉服屋を出たのだという。どうして。大きくなったら息子が出て行くでしょうに。ふつうそうね、でもジャム子の場合はもういちど外で自分でやっていこうという気になったのでしょうね、もともと野良だったんだし。

「という猫なのよ」

林子は片手で花かつおを袋からつまみ出しながら電話に言った。

「ふーん、わかった」

花巻さんが何をわかったのか林子はわからなかったが電話はいきなり切れた。

花巻さんはもしかして二上山にいるのかもしれない、と林子は思った。二上山は古代、死者をほうむった場所だと聞いたような気がしたので。


「林子ちゃんが考えていることはわかるよ」

花巻さんの電話は切れたときと同じにとつぜん始まった。

「子どもがいるから別れなかった、息子たちがいなければ、夫婦たがいの身の処し方だけ考えればいいのなら一ミリの迷いもなく別れていた」

「そう」

「息子たちは、親が別れてどっちかが欠けたら——林子ちゃんところの場合父親が引きうけることはありえないから母親と暮らすことは決まっている、すんなり大きくなるとはとうてい思えない、無事ではすまない、そう思った、疑いの余地なんかなかった」

「そう」

「子どもが大人になるにはどの子もみんなそれぞれたいへん、たいへんでない子なんてひとりもいない、子どもは自分のたいへんをランドセルみたいにしょって大人になる。親がそろっていたってただ横にいるだけでじかに子どもの力になれるのではない、せめてマイナス要素で足を引っぱらないことしか」

「そう」

「親が子どもにしてやれることは、踏み台になることだけ。子どもから大人に踏み出すとき踏みつけて越えていく台。親はいちばん身近にいる大人として子どもの最初の批判の対象になるわけで。子どもが大人になりかけたとき子どもの横に親がいなかったら、子どもは世の中をどう判断し批判するか、ものさしがない。親の存在の意味はそのためにある。生きている以上は親は子どもの横にいて、いつでも踏み台になるようにスタンバイしている、それが子どもを生んだ人間の役目。そういう意味でどんなけちな男でも父親の代わりはいない」

「そうだ」

「もうひとつ、母親には父親の代わりはできない、できてもぜんぶはまかなえない」

「だと思う」

「必ずしも血ではない、生物学的な父でなくても場合によってはかまわない、父の役割を果たせる人であればどこのおじさんでもいいが、そういう人はそうそう便利に現れない。ならば今の父親と子どもを別れさせることはできない。林子ちゃんはそう考えた」

「だいたいそう」

「林子ちゃんところの子どもたちに限って言えば間違ってないよね。だけど、それでもやっぱり、いいわけじゃない？　あたしは話していて自分でいいわけに聞こえたわ」

「じつはわたしも、聞いていて、いいわけに聞こえた」

「心のほんとのほんとのところを開けてみると、もうひとつ内側にほんとがある。そうじゃない？」

「――」

「林子ちゃんは、子どもに責められるのを怖れた」

「――」

「なぜぼくらの承諾を得ずに自分の都合でかってに離婚した、結果としてぼくらから父親を奪った、あなたにその権利があるのか」

「――」

「権利なんて言葉を言ってしまったついでに言うなら、子どもは百パーセントで育てられる権利を持って生まれてくる」

「――」

「もちろん子どもは口に出しはしない、子どもは大人が思っているよりずっと賢いから。必死で働いて自分たちを育てる母親をちゃんと見ている。でも心の深いところでは、それだけではない、ものすごくたくさんのことを考えている。そして子どものそういう心を育てたのは、林子ちゃん自身なわけよ」

「それはそうだ」

「子どもたちがそうやって自分から離れていくことを、林子ちゃんは怖れた」

「――」

「子どもがいずれ自分を離れて大人になっていく、そのときに、父親と別れたという理由で心のなかから母親をふるい落とすのを怖れた」

「――」

「子どもがそう思う、かもしれない、と考えただけで震えあがった」

「――」

「最後の最後自分が考えているのは自分のことだと、ほんとはわかっていて、認めるのが怖かった。そういうことだと思うよ」

ドアの外で猫が引っ掻く音がしたが、林子は立って行かず、受話器を耳に当てたまま座っていた。


「娘が死んだあと」

花巻さんがまた不意に電話線の向こうでしゃべり出した。

「記憶が真っ白なのよ、精神科に入院していた期間を挟んで前後」

「復職したのは一年たってからだった？」

「ふだんの生活に戻るとごはんも食べるし電車にも乗るし、またいろいろ考え始めた。仕事以外は朝から晩まで考えていた。あの子が死んだ。あの子がいない。ではない。あたしはあの子を自殺させてしまった、自殺させたのは、あたしだ」

「――」

「そのうちに考えるようになった、あたしは死んだあの子を泣いているのか、あたしにあの子がいなくなったから泣いているのか、あたしはあの子を失った自分のことを泣いているのか」

「二十五年それを考えて、花巻さんは自殺したの？」

「自殺と結びつくかどうかわからない、たぶんじかには結びつかない。ただ自分の今までが大まちがいだった、とりかえしがつかないと。生きていてあたしがすることは、何もなくなった」

「娘さんは就職してたしか二年目だった？　住まいも独立してちゃんとひとりでやっていたのでしょう」

「林子ちゃん、この期に及んで世間の常識を持ち出すの？　子どもの方は親から離れていくけれど、親はいつまでも責任があると、なくなってもあると錯覚し続ける、とっくに及ばなくなっているのにまだ何かしようとあたふたする、子どもを生むというのはそういうことだよ」

「——ごめん」

林子は窓の向こうの二上山に目をあてた。

「——それでもやっぱり花巻さんは死んではいけなかった。どうしてって言えないけどそうなのよ」

「――」

今度は向こうが黙る番だった。電話線の端と端でしばらくの時が流れてから林子は言った。

「花巻さん、お酒を飲もう」

林子は立って台所へ行き、冷蔵庫を開けた。

「映画でゾルゲが剣菱を一升瓶から喇叭飲みするところがあった、覚えている？　前からうちでは剣菱をよく飲んでいたんで、気がついて、それから日本酒はほとんどいつも剣菱」

グラス二つに冷えた酒をつぎ、窓際の小机に置く。グラスがたちまち透き通ったしずくを全身にまとい、机の木の肌をぬらした。

「南林子の息子たちと花巻瑞子の娘のために」

と花巻さんが電話越しに言った。

「そしてあたしたちが愛したすべての男のために」

林子はグラスひとつを手にとって飲んだ。

「いつも誰かを好きだったよね」

と林子は答え、続けてもうひとつも飲んだ。

二上山がふだん通りに、大きい方の頂が左、小さい頂が右に、あった。

ふと林子は思いついた。いつも二上山を北西からだけ見てきた。山に向こう側があることを考えたことがなかった。南側から見た山は、どう見えるのだろう。

右側に大きい頂がある二上山は、陽光があたり、死者の住む山ではないかもしれなかった。

黒い魚

オレンジ色のゼリーの海

カーテンを開けると小蝿が死んでいる。眼鏡をかけなければ蝿とわからない黒い点として、十個かそれ以上、ガラス窓のレールの間に、ある。

冬に入って見つけた小蝿が、はじめはときに一匹二匹顔にふんふんまつわるくらいだったのが、短い日数で増えた。光が好きらしく、テレビの画面を飛び、パソコンをつければやってきて張り付く。指先で押さえるだけであっけなく潰れるが、すばしこくて仕留めるのがむずかしい。

窓ぎわの黒い点々に気がついてから、毎朝そう思ってカーテンを引きあけると、死骸はきまって散らばっていた。昨日の分は拭き取ったので、あたらしく今日の分として。

小蝿は一日だけ飛びまわり律儀にその日に死ぬ、らしい。

ほかの場所にはなくて窓ガラスの下だけにある。明るいところが好きだとすると、明け方空が白むころ、彼らはガラスにたどりついて死ぬのだろうか。

ノブをまわす音がして、居間の扉がぎいと言い、足音が枕に響いた。襖のすきまから明かりがひと筋さしこんでまぶたを射、続いて襖が引き開けられて、襖一枚分の幅の明かりが布団をあばいた。

夫が襖にすがって立っていた。

「ぼくの部屋の鉄パイプ、どこへやった」

頬の肉が落ちるだけ落ち、伸びに伸びた灰色のひげが顎の下でふるえ、目がこっちを見ている。

時計を見た。二時だった。

起きあがり、夫の脇をすり抜けて居間を通り、夫の部屋へ行った。入り口の扉は内側にものがつかえて、人一人通れる幅しか開かない。入った足元から壁ぎわのベッドまで床一面をカメラやなにかの部品、本、そのほか雑多なものが埋めつくしている。いつもものが散乱していてカーペットの茶色の色も見えないが、今夜夫は何かを探して戸棚の中身をひっくり返したらしい。さらに二重三重に積み重なっている。寝乱れた掛け布団の上にもカメラやレンズがごろごろしている。ケースから半分引き出した状態の一眼レフ、蓋をしていないむき出しの望遠レンズ。

「そこに、ベッドと壁の間に二本立っていただろ、鉄パイプ」

腰痛がひどくなってひと月ほど、夫は横になったまま壁に向かって低い声で唸りつづけていた。なんでこういうときだけ動きまわれるんですか。鉄パイプってなんのこと。夫がパジャマの裾から筋肉の落ちた脛をむき出し、棚につかまって床をおおうものの上をおぼつかなく踏んでいくと、裸足の下でものの山が音をたてて崩れた。妻は一瞬手を伸ばしかけて引っこめた。夫はなんとか倒れずに持ちこたえて右左と歩きまわった後、ベッドにたどりついた。

ベッドの横、鉄パイプを立てておいたという壁のすきまには、何かの紙包みのでこぼこした出っ張りを無理やり押しこんであり、紙が破れて垂れさがる横にクレーの絵の印刷がテープで貼りつけてある。クレーが好きは好きとして、混沌のなかでクレーはどう見えるのか。夫は辛うじてベッドにころがりこみ、視線をさまよわせていたが、やがて絵に対面するいつもの位置に頭をつけた。しわだらけのクレーに向かって夫は荒く息をついた。

半開きの扉のところに立って見ていると、夫はしばらく腰の落ちつき場所をさぐるように布団の上で脚を動かしていたが、やがて動きをとめ、寝るかたちをきめた。


次の晩。

「ぼくの方の通帳がもう空らしいけど、そっちに貯金ある？」

夫が枕元にいた。

「そっちに通帳は何冊あるの」

妻が管理している預金は毎月の家計の出し入れ分と別に、あることはある、そりゃあるだろう、なくてどうする、どうやってこの先生きていく。二人とも年金が少ない分、せっせと貯めた老後の資金だ、現に夫が老人ホームへ入るとしてすぐでもまとまって出て行くお金だ。

「一冊こっちにもらっておく」

また次の晩、夫が同じことを言ってきたとき、妻は言った。

「わたしどうやってあなたからお金を隠せばいいのかなあ」

夫が答えた。

「銀行の貸金庫に通帳全部入れて、金庫のカードと鍵をどっかへ隠しなさいよ、それがいちばん安全だよ」

妻は久しぶりに笑った。

「隠し場所を忘れちゃうんだよね」

夫も笑った。

借金を返し、夫を中の中程度の、いやこうなったら中の下でよろしい、老人ホームへ入れるくらいのことは二人分の預金をはたいたらできるだろうと妻は計算していた。借金がこれ以上増えないとしての話だが。あとは夫名義でマンションが残る。中古マンションの売値は安いが妻一人最後の何年かをやっていくには足りるだろう。ばかばかしい結末になったが、もうどうでもいいわと妻は思っていた。

「ああそうなの、このマンション、ぼくの名義なの」

何を言うのだろうこの人は。つい数年前に自分で契約したのに、そんなことも分からなくなってしまったのだろうか。

「じゃ、出て行ってもらおうか」

一瞬意味が分からなかった。

「だからぼくのものならここを売れば金が作れるから」

なんでこういう話になってしまうのか。

夫の目を正面から見た。穴だった。感じたり思ったりをまるであらわしていない、穴。働いて得たのではない、生涯寄りつきもしなかった実家からなりゆきで入ってきた金を、初めはそれでもためらいながら使っているうちに、狎れた。人の感覚が麻痺し、なくなった。あとはもうじゃぶじゃぶ使った。金を使うにつれて物欲はきりがなく増していく。もらった金がなくなれば抵抗なく高利で借りる。そうしているうち目が穴になった。

自分もかかわりがある。姉の、相次いで妹の遺産が夫のものになったとき、正直、百パーセントいや二百パーセントほっとした。これで家計を脅かされることがなくなる。サラ金の電話はもうかかってこない。しんそこ嬉しかった。夫が機嫌よくものを買いこみ、別に借りているアパートに詰めこんでいるらしいのを、こっちもとりあえず機嫌よく放っておいた。

その次の晩、夫は起こしに来なかった。もしかしたら部屋のごみの山のどこかで札束を一つ発掘したのかもしれない。それか、夫はカメラを買うのと同じくらい売ることにも熱中していて、歩けなくてもベッドから携帯で業者と取引しているから、金が作れたのかもしれない。ときに夫の部屋から、別人かと思う明瞭な声で金額の交渉をする声が聞こえてくることがあった。

とりあえず先延ばしになった。

と思ったら、朝になって言った。五十万銀行からおろしてきて、今日いるから。

妻は夫の顔を見た。今日渡したとする。そしたら明日も、同じことを言うだろう、五十万おろしてきて。

五十万は夫婦二人の二か月半ぶんの生計費にあたる。


「小蝿がぽっとんゼリー」というものを買ってきた。オレンジ色の四角いゼリーが入った容器にオレンジ色の蓋がかぶっていて、ゼリーは紹興酒と黒酢で味付けしてある。小蝿は匂いにひかれて蓋のとがった先端にとまり、滑って蓋の穴からゼリーの海に落ちる。効能書きにそう書いてある。窓際に置いた。


「銀行へ行かなきゃいけないんだけど」

気配で目を覚ますと夫が食卓に座っていた。五時。

「どうしても払わなきゃならないカメラ屋があるんだ、もうだいぶ前からになるから」

いくらです、と妻は半分眠った状態で聞いた。

「とりあえず百万、あとはまたでいい、延ばせると思う」

はっきり目が醒めた。とりあえず、だと。あとはまた、だと。

「あなたの通帳、出してください。何冊あるんです、ぜんぶここに出して」

夫は部屋へ行って黒いかばんを持ってきた。苦労して中をかきまわし、雑多に詰まったものの中から通帳をつかみだした。一冊、二冊、三冊。

「これで全部ですか、たんすの引きだしに入れてたんじゃなかったですか」

合わせて六冊の通帳はどれも二年ほど前の記帳で終わっていた。残額が数百万あるのもあれば、十万に足りないものもあった。

妻はともかく朝食をつくって夫に食べさせ、自分も食べて、銀行の開く時間を待った。

銀行は四軒が歩いていける範囲にあった。長いこと放ってあった記帳は時間がかかり、新しい通帳に切り替えるのにさらに待たされた。残額を見て妻は頭が白くなった。次の銀行へ行くのに交差点を渡るとき、信号が変わっても足がすくんで出なかった。だがそれでも次へ、また次へ、四冊の通帳を記帳し終わると、妻はしばらく銀行のベンチに座っていた。貧血かなにか、このまま歩いたら危ない――。電車で行くあと二軒の銀行へは、行かれそうになかった。それにその二冊の通帳の金額は二年前の時点で合わせて百万に満たず、残っているとは思えなかった。

妻は家に帰り、夫の前に四冊の通帳を開いて並べた。

「どうしてゼロなの、四冊とも」

と夫が言った。

「まだずいぶんあっただろう、何に使ったの」

「それ、こっちが聞くことじゃないですか、何に使ったんです、ぜんぶでいくら使ったんです」

夫は四冊の通帳をあちこちくりかえしめくってみながら言った。

「あと二冊のほうにあるんじゃないか」

次の朝、夫が起こしにきて言った。

「銀行へ行って百万出してきてくれる？　支払いを急ぐところがあるから」

同じことが五日続いた。金額は百万だったり三百万になったりした。その度ごと妻は通帳のゼロの字を指で示し、夫は「何に使ったの」と言った。

「三千万あっただろう、何に使ったの」

「三千万あったんですか、はじめは」

「――四千万か、もっとかもしれない、もっとだと思う」

妻は夫に、来ている請求書をぜんぶ出してみて、と言った。夫がかばんをかき回して郵便物を取り出した。次々出した。どれも宛先は夫のアパートになっている。ざっと見たところ五人の業者と取引しているらしかった。

妻はしわだらけの封書の束を手にして、中を開ける気にならず、座っていた。

ずっと昔、何回めの別れ話のときだったか、夫が畳に座って頭を垂れたまま聞こえるか聞こえないかの声で言った。サラ金借りまくってやる。その時の恐怖がそっくり目の前に、手の中に、あった。


夢を見た。

鉄パイプで突いている。鉄パイプではない、細い棒で突いている。ぐんにゃりした手応えがあって、ずりずりめり込んでいく。ぶすぶす刺して、刺して、刺した。

百八十度の拡がりいちめんコンクリートの建物群、高低も色もそれぞれ違うが灰色の空の下に一様に灰色に染まっている。雨上がりの町はまだ動き出さず、建物の灯が一つずつ消えていく。空を張りめぐらす雲が動かず、それでも少しずつ明るみが生じている、十一月の夜明け。

オレンジ色のゼリーの海に小蝿が一匹落ちている。窓ガラスの下にはこの朝も十個以上の死骸があった。

黒い魚

三十年近く前、上海。

中国全土から人びとが集まる豫園商場《よえんしょうじょう》の喧噪を抜けて路地を一筋はいると、また別の、普段着の人たちの雑踏があった。道ばたに台ひとつ持ってきて肉の塊を置いている。男が青竜刀みたいな包丁で肉をぶったぎり、台秤に載せ、値段を叫ぶ。荷車に山積みしたさつまいもや青菜、韮の束。真っ赤に光る唐辛子の山に大杓子が突っ立っているのは、買い手が自分で掬って紙袋に入れるらしい。縄で縛った豆腐の横に大鍋が据えられ、煮えたぎる油に女が豆腐の一片をつぎつぎ投げ入れては端から引き上げ、紙にくるんで客の手にぽいと渡す。となりではせいろが熱い湯気を吹き出す。濃い匂いが混ざり合って立ちのぼる。

——こういうものは、これから先買うことがないのだ。もう料理をしないから。食べさせる人がいないから。いなくなってしまったから。葱も豆腐も、いらない。

甲高い抑揚の上海語が頭の上を右から左へ、左から右へ、飛び交っていた。聞きとれない言葉が雑駁な音になってわんわん鳴った。

喉にかたまりが詰まった。

ともかく食べ物と人の群れから抜けようと歩き出すと、道の先が人だかりで塞がっている。男や女、子どももいる。ヘイユイと呼び売りの声がし、地面に大きな金盥が置いてあるのが人の足の間に見える。ヘイユイ、字だと黒魚だろうか。横にいた男性が気がついて何か言いながら背中を押し、前へ出してくれた。盥の水に黒いものが二匹ぐねぐねしている。蛇。いやもっと太短い、と言っても六十センチ、七十センチはある。緑と黄色と褐色がむらむら混ざり合った肌に黒い斑点が並んで、大きな頭に大きな口。一匹が下あごをぐいと突き出して歯をむき出した。水しぶきが盥の外まで跳ね、足もとに散った。めったに獲れないやつだよ、ほかの魚をなんでもかんでも食っちまう、沼のぬしだ、と男性がわかりやすい標準語で言った。こいつらは特別でかい、どっかの沼で掻い掘りがあったんだな。どうするのです、食べるのですか、と教科書で習った言葉を探して聞いてみる。そうだよ、土鍋で煮込むとうまいよ、いい値段するけどね。売り手の男が傍らのバケツから蛙をつかみだし、後足をもって盥にかざした。

後ずさりして人の輪の外に出た。

ホテルに戻って眠る時間になっても、昼間の黒い魚が離れなかった。黒い魚はぬめぬめとやってきて、丸い目でまじめにこっちを見た。

息子が手術をしてから五年たっていた。そのころ、癌は多くが治らない病気で、とくに若い人の場合は死にじかに繋がると世間でふつうに思われていたから、本人に告げるかどうかは重いことだった。夫は、そんな可哀想な、言うなんてとんでもない、とてもぼくは言えない、と言った。この家で癌という言葉は禁句だ、と言った。だが言うも言わないもない、本人が医者と話をし、承知している。息子は病気のことをときに母親とは話したが、父親とは話さなかった。退院後息子は父親にひと言もものを言わなくなり、目を合わすのも避けた。

夫は妻に言った。だれにも言うな。みんな、たいへんですねとかお気の毒にとか口では言うが、本心では人の不幸を楽しんでいるのだ。葬式も、だれにも知らせない。

妻は夫に言い返しもしなかった。夫なんかもうどうでもよかった。

そういう状況で気安く人を寄せつける息子ではない。息子は父親の資質をその部分で濃く受け継いでいた、たぶん。五年の毎日を、息子はひとりで日々と切り結び、徐々に心を病んできているらしかった。

妻は、息子に、できることが何もなかった。

そういうときに、夫の部屋で公団賃貸住宅の契約書を見つけた。夫が家を出ようとしている、と妻は思いこんだ。

すでに夫と妻の間で、別れようという話が固まっていた。これほどあり方の違う人間が一緒に暮らすのははっきり間違いだと、息子のことが起こってから、二人ともそれぞれで思った。ことが終わるまでは現状のままで行く、終わったら——死んだら、こっちも終わりにする。

それなのに、一枚の契約書の紙切れを見て、妻はあたふたした。思いがけなくひどくうろたえた。

家族がひとりずつ、壊れていく。

作ってきた家庭が、崩れていく。

無力だった。

自分も家を出ようと思った。

一年前にも家を出て北京に行った。国内のひとり旅さえ経験なくて、まして外国にひとりで行くなど考えもしなかったのに、なりゆきで行ってしまったが、行ってもうろうろするばかりですぐ帰ってきた。こんどは、ちゃんと出る。

ほかに思いつく行き先もなく、とりあえず上海へ行った。

だめだった。三日目にはもう帰りたいと思った。一年前も飛行機の変更手続きをどうしたらいいのかさえ分からず、ずるずる北京にいたのだった。今度も何もすることがなく、知らない町で日を過ごした。

帰る前の日に豫園の路地で見た黒い魚だった。

日本に帰っても喉の詰まりはなくならなかった。

夫はといえば、家を出て行ったのではなかった。谷町九丁目に部屋を借りて日中を過ごし夕方戻ってくる生活を、それから始めた。それだけのことだった。

妻が実際にやったのは、家を出るどころか、たかだか一週間のさえない旅行にすぎなかった。

息子は、死ななかった。

夫と妻と息子は、表面は何ごともなく、それぞれ歳を重ねた。

だが何かは、確実に変わっていた。

以来三十年ずっと、妻は喉もとに出たり消えたりするかたまりとつきあってきた。ほんとに詰まるのではない、喉の管に、感じとして丸い玉がすっぽりはまる。苦しいというのと違う、息もできるが、でもふさがっている。長くつきあってよく知っている、親しいと言ってはなんだが身の内のもので、だがやはり違和感はある。


谷九の部屋はいつまで置いておくんですか。

死ぬまで持ってる。

妻は思わず夫の顔を見てしまった。長いことまともに見ていなかった顔は蓬髪と無精髭に縁取られて黒いしみが浮き、しわの間にくぼんだ眼窩があった。眼窩の底の目はなにも表していない。穴だ、と妻は思った。口の中で、聞こえるか聞こえないかの低い小声で、だが思いがけず素早く夫は言った。死ぬまで持ってる。

黒い魚がぬらりとあらわれた。


夫が谷町九丁目に自分の部屋を借りたのは、五十歳を半ばすぎたころだった。地下鉄駅の上に直結したUR市街地住宅がまだ公団住宅という呼び方だったときの、三畳ひと間。勤めていた映像制作会社が倒産し、フリーで仕事を受けるようになって数年たってからだったが、事務所が要るというのは妻への、というより自分自身へのいいわけだった。電話と机があればいいので、仕事をするには家でさしつかえない。だが自分の居場所が要るのだ。家にもひと部屋もっているけれど、自分の場所というにはもうひとつ違う。だいたい家と自分を結びつけて考えられない。ここではないどこかに自分の場所がほしい。躊躇したあげく、妻には黙って公団に申し込んだ。もちろんすぐにばれる。ばれて夫は、あからさまにさばさばした顔になった。

――いらない鍋ない？

ありません。

――使ってないフライパンくれない？

ぜんぶ使ってます。

――じゃ道具屋筋で買う。あそこはプロが使うものを置いているから。

夫は包丁だ、まな板だと買いそろえた。

――笛が鳴るやかんはなかなかいいよ。

へええ。

夫は家から夕食の残りの冷やご飯を持っていくようになった。

——銅の片手鍋を買った。黒門で味噌を買ったから雑炊が作れる。

うちでこういうことがしたかったのかと、妻は一瞬考えたが、すぐにそうではないと思った。いままで料理をしたことはない。子どもが小さかったとき、妻が風邪で寝こんでも子どもに食べさせるということはなかった。ここではない、責任を負わねばならぬ人のいないどこか他の場所で、責任を持たなくていい自分のためだけに、スーパーで卵を買い冷や飯で焼きめしをつくり、ひとりで食べる、そういうことがしたかったのだと妻は改めて思った。この人の価値基準は不可思議で、昼飯を店で食べるのは贅沢、コンビニで弁当を買うのも許されない無駄遣いだが、炊事道具は割烹の調理師が使うものが欲しい。

夫は、男性専用単身者住宅の狭いひと間が、心そこ気に入っているらしかった。

——若い男ばかりかと思ったら違った。ほとんどが中高年だ。事務所にしているのはぼくだけで、みな住んでいる。仕事は持っているらしいが、どういう事情の人かね。まさに大阪の谷間、社会の谷間だな。

その谷間から、もうひとつの気に入りの谷間——難波の裏の方へ自転車で出かける。

――ブルーシートの家がひとつひとつ工夫を凝らして、どこから持ってくるのかね、立派なドアがついていたり、椅子や机を並べたり、犬小屋まで作ってある。すごいよ。あなたも一度行ってごらん。

「事務所」を持ってから、夫の収入は目に見えて減った。

家で仕事をしていたときも、かかってきた電話に夫が、ああ、それならぼくよりも誰々さんのほうが適任だと思いますよ、などと応対し、台所で聞いている妻が、なに殿様やっとるんじゃ、今年になってどれくらい稼いだかわかってるんか、とつぶやくことがあったが、それでもまあ大体の仕事は受けていた。電話の横に大きめの招き猫を一匹置いて、ちゃんと電話番をするんだよと陶器の頭をなでていた。資料に当たり取材に行き脚本を書くのは手慣れたもので、仕事も早い。たてこんだとき資料集めや清書を手伝うことがしばしばあり、妻は夫の書く脚本はなかなかいいと思っていた。きっちり構築され、すきっとした姿に仕上がっている、と。いやいややっているなど、頭に浮かんだこともなかった。

それが「事務所」を構えた時点から、仕事の話を夫がどんな具合に受けているのか、どんな机で脚本を書いているのか、妻には見えなくなった。

自由業と言えば体裁がいいが、ありていに言えば失業する自由、働かない自由だ。打診された仕事をたいした理由も言わず断れば、その取引先から次の発注はまずなくなる。そういうことをわかっていないはずはないが、二年三年単位の大きい仕事は続いているから、月に何日かの稼働は確保している。やるときはまじめにやり、要求に応じた作品を仕上げるので、業界に一定の評価はあり、つき合いが悪くてもべつに支障にならない。夫のほうでも全部断る気はないし自分へのいいわけになることだし、その分は働く。あとの日は仕事関係の人と離れ、日中は家族とも切れ、疑似ひとり暮らしをやってるのだ、妻はそう思っていた。実際、撮影現場で、カメラマンや照明、録音、制作進行、プロデューサーから代理店の担当、発注主まで大勢の、おそらくは元気のいい業界の人たちのなかで監督の役割をはたすのが、夫という人間にとってときに辛いものだろうと、妻はわかっていた。

仕事の電話はまだうちにもかかってきて、妻が、申しわけありませんご連絡しておりませんでしたかと詫びると相手が、あ、事務所を持たれたんですか、ということがたびたびあった。夫は仕事する気をすっかりなくしていると妻は思った。仕事したくないならどうしようもない、それはそれで、収入が減ってもしょうがない、だがそれならこっちに仕事が混んでいるとき面白くない顔をしないでもらいたい。ちょうど夫が仕事を減らしかけたころから、ライターをしている妻のほうに前より注文が増え始めた。いちじ失職していた電話番の猫がまた働きだしたのだった。

初老に入った夫が、企業のＰＲ映画や商品広告を作ることに興味を持てなくなったのはわかる。地方自治体の事業記録を発注主の注文に従って作ることも、地方テレビ局の番組を作るのも、前のようには気が乗らなくなったのだろう。だが若いときこの業界に入ったのは、映像で何かを表現したいと思ったからのはずだった。今、そのノウハウは手の内にあり、人間関係や機材の手段もある。子どもが独立し、自分はまだ元気な現在、多少仕事する傍らで撮りたいものを撮って表現することを妨げるものは、何もない。最高ではないか。

だが夫にその気はないらしかった。夫の関心は表現することではなく、カメラや撮影機という「物」に移っていた。というより、初めからそうだったのだ、夫自身が錯覚しこっちも勘違いしていたのだ。妻ははたちのとき、報道カメラマンになりたいというハングリーな男と結婚したつもりだった。男自身もたしかにそう思っていた。カメラマンになりたいのではない、カメラが欲しい男と自分は結婚したのだと思い定めるまで、妻のほうでも長い時間がかかった。

やがて仕事が完全になくなった。三年か四年は職業欄に映像ディレクターと記して無職とは書かなかった。谷九の部屋は、何年か前、妻が知らない間に同じ建物の２ＤＫに移り、やはり「事務所」と呼んでいた。

背骨を圧迫骨折し、背丈が縮んだ。腰を二つ折れに曲げ、大きなリュックを背負うと、いきおい顔は地面を向く。歩くときはあごを突き出し歯を食いしばり、本人はそのつもりはないだろうが必死の形相になった。斜めがけにしたショルダーバッグに地下鉄の老人パスと財布、家と谷九の鍵、携帯電話をひもでくくりつけてある。杖は数え切れない本数をとっかえひきかえ使っているが、見るからに高そうなのもあれば百円均一風もあり、どれも新しくはない。なんなんだろうと妻は考え、そうか拾ってくるのかと思いついた。

そのいでたちで、一日も休まず、朝、谷九へ行き、夕方、家に帰り、妻がつくるご飯を食べる。地下鉄の駅からアパートへ上がる細い連絡通路に居酒屋やバーが並んでる、どれもおそろしく汚い店でね、外の壁までべとべとだし、油の缶とかごみ袋とか店の表に出してるが、中がよっぽど狭いのかね、また代替わりの早いこと、カレー屋が閉店してすぐ郷土料理の店になった、客が入ってないと思ったらやっぱり閉めた、そのあとなんと女の子が二人でブティックを始めたが、無理だね、いつまでもつかね。ほとんどものを言わなくなった人が、ときに食卓で嬉々としてしゃべる。この人は人の失敗を見るのがほんとに快感なのだ、それと汚い場所がなにより落ちつけるのだと妻は思う。

汚い物もだ。

夫が谷九へ出かけた後、シーツを換えに部屋へ入ったとき。布団の上の紙袋を除けようとして中が見えた。妻は袋を取り落とした。ネクタイが袋いっぱい。気を取り直して引きだしてみると、一昔前に流行った幅広のタイが、二十本かもっとか。どれもどぎつい色のプリントの、一様に汚れて油じみ、臭いがする。夫はもう何年もスーツを着ることがないが、もとはおしゃれな人でネクタイのセンスもよかった。これはなんなのだ。しばらく見ていて思いついた。最近よく四天王寺さんの朝市に古カメラが出ているといって行くことがあった。朝市にはこういうものも売っているのかも知れない。同じような紙袋がベッドの下にもあって、皮のベルトが何本も、新品らしいのもあるが腐ったようなのも混じって、袋の中でとぐろを巻いている。時計の鎖帯はどす黒いのが掌いっぱいほど、これも小さいとぐろを巻いている。

これらを一山いくらで買ったのだろうか。夫は百何十万かのハッセルブラッドも欲しいが、こういうものも欲しいのか。

谷九の部屋のなかはすごいことになっているらしく、家へ帰って靴を脱ぐと玄関に砂が積もった。ベッドに腰を下ろして服を脱げば、毛布も床もごみだらけになった。

夫の姉と妹から続けて遺産が入った。妻は詳しい額を聞いていないが、思いがけず多額なことは確かで、夫は思うさまカメラを買っているらしく機嫌がいい。妻もとりあえずほっとする。

夫は八十六歳になっていた。

夫がアスペルガーというものらしいと妻が知ったのは、夫の腰痛がきっかけだった。痛みが昂じて寝たきりになり、なにも食べず水も飲まなくなったのを、一か月の入院で歩けるように食べられるようにしてもらい、退院後、介護保険の申請をした。

最初に、区の地域包括センターから、ケースワーカーの木田さんが家に訪ねてきた。白のシャツに紺のネクタイを結び、背筋を伸ばして、夫と向かい合って椅子に掛ける。夫は、昔の息子を思い出させるような若い男性が相手をしてくれるのが気に入った様子で、機嫌がいい。初対面の人に話をしない夫がいつになく口数が多いのを、妻は珍しく眺めた。

背はこんなに曲がってしまいましたがね、まだ歩けます。近くに事務所を持っていましてね、退院してからまた前のように通えるようになりました。

あ、まだお仕事をしておられるのですか。

仕事はもうしていませんが、本やカメラとかレコードとか、事務所にいろいろ置いていますのでね。クラシックとジャズのアルバムはちょっとたくさんあって。あなたご存じでしょうか、あの。

夫は何かを見せたいと思ったらしく、腰をかばいながら苦労して椅子から立ち上がり、自分の部屋へ行ってかばんを取ってきた。谷九の部屋へ通うとき必ず持って出る黒いショルダーバッグ。家に帰ればベッドの枕の横にひきつけて置く。入院中も持ちこんでいた。妻は開けたことはないが、地下鉄で二駅の近くへ、それも毎日往復するのに何の荷物が必要なのか、片時もなくては不安なのか。チャックがやっとしまるほど膨れて、ずっしり重い。

夫が椅子に戻り、開けにくいチャックをなんとか引き開けた。

勢いで札入れが半分飛び出した。

札束がざらっと出た。数センチの厚さ。札入れは中身の多さで二つ折れもならないまま、かばんの口に突っこまれてあったらしかった。

妻は息を呑んだ。

木田さんが机の向こう側で固まった。

しばらく後、木田さんは体勢を取り戻し、持ちすぎですよ、おとうさん、と柔らかい声で言った。

夫が何を見せようとしたのか、札束を見せようとしたのでないことは確かだったが、うやむやになったままで、先方の訪問の用件——面接——はもう十分終わっていた。

帰る前に木田さんが、よろしかったらおとうさんのお部屋を見せていただけますか、と言った。

半分も開かない六畳間の入り口に立って、木田さんが、あ、とひとこと言った。

妻は、夕刊を取ってくると夫にことわって、木田さんについてエレベーターで下りた。

いつもああしてお持ちですか。

危ないことはわかっているのですが。

遺産が入ってからこっち、夫が現金を持ち歩いているらしいことを、妻はもちろん気にしていた。だれかに突き飛ばされて骨折する。こんど骨折したら寝たきりになるかもしれない。だが自分の気がかりは、はたして夫の体のことだろうかと妻は思っていた。どう見ても金に縁がなさそうな貧相な老人が大金を持っているのを、何かのはずみにだれかが知ったら、奪いたいという気を起こしてむしろ当たり前ではないか。殴り倒して、いやそんな手間をかけるまでもない、指で突いてやるだけでかんたんに転がる。金がやすやすと手に入る。人ってそういうものではないか。自分が考えているのはたぶんそっちの方、事件が起こることだ。

それにしても、これほどの札束を持ち歩いているとは思わなかった。

エレベーターで下りたところで、木田さんが言った。

ご主人のもの依存、買い物依存は、もうおさまることはないでしょう。おそらくたいへんな金額を使っておられると思います。業者にいいようにされてるおそれがありますし、最悪、闇金融にとりこまれていられるかもしれません。息子さんと相談されて、なるべく早く業者とお会いになってください。成年後見人を頼むことを考えてみてはいかがですか、こちらでお手伝いできますので。それと、あのお部屋ですが、地震があったら。あ、わかっておいでですね、失礼しました。

木田さんに続いて、ケアマネージャー、ヘルパー長、訪問看護師にリハビリ療法士といった人たちが次々訪ねてくるなかで、広汎性発達障害とかアスペルガーとかの言葉が出てきた。

思ってもみなかったことで妻はいたく驚いた。聞いたことはあるが幼い子どもの話だと思っていた。遠戚の子が発達障害で親がたいへんというのを聞いていたから。だが大人のことでもあるなんて知らなかった。まして、自分の夫がそうだとは。

結婚して六十年目だった。夫は八十六歳、自分は八十歳。その歳でいまさら、あなたの夫はアスペルガーですと告げられて、そうですかと言えるものかどうか。

しかし、言われてみれば何から何まで妻には納得できた。長年垂れ籠めていた霧がぱあっと晴れた。張られていた紗幕がすとーんと落ちた。衝撃を受けたあと、どれだけかの時間を経てそういう状態になった。長年月手に余った夫の行状の、あれも、これも、どれも、すべてがアスペルガーの一語に落ちつき、腑に落ちた。

そうか。そうだったのか。

ついでにカッサンドラ症候群という言葉も教えてもらった。妻はこっちには名称からして少々いかがわしい印象を持ったが、その直感は当たっていて、医学的な裏づけはない、心理学の人が便宜的にグループづけしている言葉のようだ。アスペルガー夫を持った女性に共通して見られる身体上の不具合をまとめて言っている。めまい、喉の詰まり、筋肉の疼痛ほか各種各様の症状、無気力、鬱。

この手の不調は世間にいくらもあり、医者に行けば自律神経失調と言われて漢方薬か何かを渡される。だからカッサンドラなどと取りたてて言われるのは確かにうさんくさいが、しかし実際、これらの症状は自分にある。疼痛の原因となる病気は体のどこにもない、だが確かに痛みは存在する。夫の、わけのわからない、理由づけのできない、行き当たりばったりの行動、常識の外で生きている宇宙人みたいな存在と日々を共にすることの、不条理。それらが年月の積み重ねでこっちの体にさまざまな不具合となって現れる。言われてみれば、そういうことはあるだろうと妻は一応は納得する。

そして、夫がアスペルガーだと指摘され妻が自分の不調の発信源をわかったとして、現実、日々の事情はなにひとつ変わりはしない。

アスペルガーの人が、幼児期あるいは青年期から自覚を持って生活の方法を調整していくことで、社会に適応していくことはできる。むしろ他人にはない独特の個性や特化した能力を存分に生かすことだって、場合によっては可能だ。今は社会のなかでそういう仕組みが立てられている。

しかし、八十六歳で、自然のなりゆきとして認知症に入りかけた人間がアスペルガーだと、今さらわかったからといってどうもこうもありはしない。本人に告げるわけでもないし、家庭のなかの困った事情が解決に向かうことはない。

『アスペルガーのパートナーのいる女性が知っておくべき二十二の心得』という身も蓋もない題名のアメリカ人が書いた本があって、解決法として、別居か離婚、と書いてある。ばかばかしい、それができるならだれも苦労しないわい。夜、妻はひとりで声に出して言った。

黒い魚が来て、ひげをぴこぴこさせて頷いた。

夫が風呂場で転び、大腿骨骨折で手術し、介護認定が四にあがった。前年の入院は一か月だったが、こんどは長引いた。歩行器に寄りかかって病院の廊下を歩くのもおぼつかなく、自然な進行具合で頭がぼんやりして終日ベッドでうとうとし、だが、ときに目ざめると昼夜みさかいなく携帯電話をかけてくる。ほとんど聞き取れない小さい声だ。いつまでここに閉じこめておく気なんだ、治療は終わっててもう何もしてくれない、医者も来ない、リハビリったってちょっと廊下を歩くだけだ、明日退院する、すぐ手続きしてくれ。

妻がなだめると夫は、谷九に用事があるんだ、至急行く、と大きい声ではっきり言った。

妻と息子はこれからのことを相談し始めた。

どうするにしても、と妻は息子に言った。いちど谷九を見に行かないといけない、お父さんが行かなくなってから三か月以上たつのでね、郵便受けもあふれているだろうし、やこしいお金の督促状とかがたぶん来ていると思う。生ごみはないと思うけれど、コンセントのほこりから火事を起こさないか一番心配で。ほんとに悪いけれどいっしょに行ってほしいんだけど。

ええよ、と電話の向こうで息子が答えた。

忙しいのがわかっているのに申しわけない、これだけはどうしてもいやなので。ひとりでできないので。

長いこと本人以外入ってへんのやろ。

中古カメラの業者でつき合いのある人がひとり、何回かは行ってると思うけれどね。ほかにはだれも入れていないはず。

本人に言って行くの？

言ったら断られるよ、黙って行くのよ。

早いほうがいい、今度の日曜おれ空いています。一時でどう。

９０７号室。ここか。

自転車が二台、扉の横に放置してある。

表札は出ていなかった。

鍵穴が錆びているらしく鍵を差し込んでも回りにくいのをなんとか回し、扉を押した。扉も動かないのを息子が代わってむりやり押した。内開きの扉が人ひとりの肩幅分ほど開いた。勢いで扉の下から細かいごみが廊下に吹き出てきた。

息子がひと足踏み入れて、ああーっと声をあげた。

妻は息子の背中の脇からのぞいて、ああーっと言った。

足を入れたその場から、背の高さほどまで積み上がっている。暗がりに目をこらすとひとつひとつが何だかはわからない、雑多なものが放り投げられて山になっているらしい。とくに入り口にごみを積んだのではなく、どうやらずっと向こうまで同じ状態かと見えた。臭いがする。

ふたりは無言で立っていた。しばらくしてから同時に、なにこれ、と言った。

ごみ屋敷の実物、わたしはじめて見た。テレビで見たことはあるけど。

おれも。

妻は家の夫の部屋の具合から推して谷九はひどいだろうと覚悟してきたが、まさかこんな、ここまでになっているとは思い及ばなかった。完璧なごみ屋敷だった。

向こうに電気がついてるのかな、と息子が言った。ちらちらとわずかに明るい。妻はちょっと考えて、窓でしょう、と言った。千日前通りと谷町筋、南東の角部屋だとお父さんが言っていたわ、日当たりがいいって。ごみの山をすかして、窓から日ざしが入っているらしかった。カーテンは窓際までものが積み上がっていて引けない状態なのだ、家の夫の部屋と同じに。

スイッチは。

扉の横の壁を手探りしてもわからない。扉の裏側をふさいでいるものを手と足でのけ、探っても見つからない。懐中電灯も軍手も用意してこないなんて、わたしはなんと甘いんだろうと妻は思った。

廊下の先のほうで、制服らしい上着を着た女の人が床を掃きながらこちらを見ている。妻はほうきも持ってこなかったと気がついた。かがんで扉の前に散らばった紙くずのかけらを手で集めながらすみませんと声をかけると、女の人が近寄ってきた。

こちらの方どうかされましたか、しばらくお見かけしてませんが。

ご迷惑をおかけしています。妻は頭を下げ、スイッチの場所を尋ねた。お部屋の中のことは知らないんですよ、私は廊下の掃除だけですから、と言うところへエレベーターから降りた初老の男性が通りかかる。電気ですか、右手の壁ですよ、あ、ブレーカー下ろしてはるんと違いますか、ドアの上探って見てください。息子はブレーカーには手が届いたが、ものに阻まれて壁までは届かない。男性がのぞきこみ、おうっと声を上げて一瞬ひるんだがすぐ、失礼して靴のままで、と踏みこんでばっさばっさと壁ぎわのものをかき分ける。あ、ここ、ちゃんとスイッチのスペースを確保してはります、ものが除けてありますよ。入り口近くと奥の部屋と二か所の天井に電気がついた。なんでもないように男性が去っていくのに妻は、いつもご迷惑をおかけして、とおじぎをした。

入った左手に流し台があった。妻は背伸びしてごみ山越しに、流しに放りこまれた食器や、鍋、空き瓶、おびただしい数の洗剤のボトル、それに明らかに生ごみが入っているビニール袋を見た。ガスコンロは見覚えがあり、うちで使わなくなったのがここへ来ていたのだと思い出す。壁の換気扇は油とほこりでこてこてだ。おそらく動かないだろう。冷蔵庫がうなりだした。見れば黄色の油っぽいものが扉にべっとり張りついて、うちにあったときとは無残に変わりはてた姿だ。息子が手前のごみの山に踏みこむと、そのあたりは紙くずや段ボールが主だったらしくぺしゃぺしゃとへこんでいき、冷蔵庫の上半分の扉が開けられた。うわー満杯や、卵まである、いややなあ。息子はたちまち扉を閉め、あれ、と言った。中、冷えてたな、そうか、ここだけブレーカーが落としてなかったのか。息子はもういちど扉を開けた。おうおうビールあるやん。二缶取り出すのへ、妻は、よくそんなもの飲む気になるねえ、と言い、それでもそういうところは意外ときちんとやってたのね、と言った。コンセントにたまったほこりに結露がついて発火する、湯沸かしを消し忘れることだってあるでしょう、公団一棟焼いてしまったらどうするの、妻がうるさく言うのを夫は聞いていて、帰るときに冷蔵庫以外のブレーカーを落として出ていたということのようだった。

部屋のふすまは外されているらしく、台所の壁沿いから鍵の手に金属のラックが組まれていて、一番上に黒い機械がのぞいているのはオーディオ機器の一部分だろうか、下のほうはわからない。息子がものを踏みしだいて奥まで入っていった。わあこっちますますごいことになっとる。声がくぐもって聞こえ、姿が見えなくなった。出ておいでよ、骨折するよ、もうやめようよ。妻の足下を黒いものがぴゃっと横切った気がした。ごきぶりか。

いないとしたらそのほうが不自然だ、きっと巣があるだろうと思う。ねえ今日はもう帰ろうよ。息子が出てきた。奥の右側にもう一部屋あって、その横がたぶん風呂とトイレらしいけど扉開けたまま天井まで詰まっとる。お風呂は最初から物置のつもりだっただろうけれど、トイレはどうしてたんだろう、地下鉄の駅まで行っていたのかしらと妻は答えた。トイレが汚れているだろうとずっと気になっていたけれど、敵はさらに上をいってたわけね。

奥の部屋にトランペットがあったで、と息子が言った。それも三つ。

玄関を入って電気がついたとき妻が最初に見たものは、太鼓だった。七、八十センチほどの、漏斗を二つ逆さに合わせてくくった形の、初めて見るが太鼓だと思う、アフリカかどこかの。入り口のごみ山のてっぺんに斜めに引っかかっていた。

お父さんて、若いとき何か楽器をやってたん。

結婚する前にチェロを買ったことがあるって聞いたけれど。もちろん中古の。ひと月たたないでお金がなくなって売ったと言っていた。結婚してからギターを買ってきて、わたしがちょっと弾いていたらすぐもうひとつ買ってきたのね、そのうちわたしも弾かなくなって長いこと壁に二台かかっていたのをあなたが中学生になって弾いたよね。お父さんはなんの楽器も、いちどもやってないよ。

カメラはどこにあるんやろう。

埋もれているんでしょう、ものすごい数、あるはず。

ふたりはしばらく、ごみの山を前にして黙って立っていた。

帰りますか、と息子が言った。

人気のない長い廊下を歩き、エレベーターで下りる。日曜日の谷町筋が初秋の光に満ちていた。

わたしはこれではっきり切れた、と妻は息子に言った。あの部屋を見てしまったから。

おれも、と息子が言った。これでもうお父さんのことはいい。あの人のことは、終わりにする。


少し前まで、妻は谷九の部屋をしばらくこのまま置いておくつもりでいた。退院後夫が今までのように通うことはできない、それはきまっているが、ひと月に一度か二度でも夕クシーで連れて行って数時間過ごさせれば、満足はできなくても多少気はすむだろうと思った。そのうちに夫の状態が変わって、――認知症がひどくなって本人抜きのこっちサイドで処置できるようになったとき、一気に片づけたらいいのだから。とりあえず一年とみて家賃を予定しておく。もちろん、これ以上売ってくれないように中古カメラ業者に話をつけておかなくてはならない。

しかし見てしまった。二、三日の猶予もできない状況になっている。妻は扉のすきまから廊下へ、ごきぶりの一家眷属が大小つながって這い出てくるさまを思い描いた。廊下に面した小窓のガラスは、ガスコンロの上に当たるところが外から見てもべっとり油汚れにおおわれ、ガラス越しに洗剤だか醤油の瓶だかの影が、立っているのもあり倒れているのもあり、ごみ捨て場同然に積み重なって、廊下を通る人はいやでも朝晩目にする。今まで近所となりから苦情を聞かなかったのが不思議だ。いやそうではなくて、この住宅はもう老朽化して空き室が多く、居住者も若い単身者か、でなければ夫のような老人のひとり暮らしなのだろうか。もともと公団の市街地住宅ではだれも隣人なんかに関わりを持たないのかもしれない。だからこそ夫がいたく気に入り、これほどの長年安住していたのだ。

ともかく妻は、できるだけ早く部屋の始末をすると決めた。

まず何からするか。

もちろん夫に言うことからだ。

当然、夫が承知するはずはない。この人として滅多にないことに大声を出し、ほっといてくれ、谷九は死ぬまで手放さない、ぼくの勝手だろうが、と言っていたのがそのうちぼくの自由とか人間の尊厳とか言いだす。妻はごみ屋敷を作る人間に尊厳なんかあるかと言う。カーテンの向こうで隣のベッドの男性がしきりに咳払いをする。翌日は、憤怒のあまり朝から入れ歯を入れるのを忘れたのか、入れる気にもならなかったのか、夫はくぼんだ口をことさら引き結んで壁を向いて寝たきり、運ばれてきた朝食にも手をつけない。リハビリの療法士が来て明るく声をかけるのへ、今日はやめます、わるいが帰ってくれますかと向こう向きのまま低い声で言い、妻に、今から谷九へ行く、外出許可をもらってきてくれと言う。

何かあると話しに行ける人がそのときどきで何人か妻にはいた。今回は病院のソーシャルワーカーがぴったりのその人だった。こちらが曖昧に口に出した一言から的確に事態を判断し整理して、こうしてみたらどうでしょう、と方向を示してくれる。一階の医事相談室に電話を入れると、ソーシャルワーカーはすぐさま病室に上がってきた。まだ立ち去らなかった療法士とナースステーションから様子を見に来た看護師二人が加わり、四人の若い女性が夫を囲んで口々になだめ、問いかけ、言って聞かせる。病状的には先生の許可が出ていますから本人さんがどうしても行くと言われればとめることはできませんけど、行く先の様子によってはこちらとしてはやめてほしいですよ、また骨折したらどうします、タクシーに車いすを積んで行って、エレベーターと廊下は通れるとしてもお部屋の入り口に段差はないですか、中はどうですか、トイレに車いす入れないでしょう、車いすなんかいらない杖で歩くって言わはるけどもぜんぜん歩けてないですよ、奥さんひとりで体を支えられると思ってはりますか、こけたら再骨折ですよ、いちからやりなおしですよ、このところお手洗いが近くなっておむつもしょっちゅう替えないといけないでしょう、出先で失敗したら気持ち悪いじゃないですか、それより朝ご飯食べてなくてもうじきお昼ですよ、おなかすきはったでしょう、食堂行きましょうよ。

うんざりした夫が、もういいですやめますと言ってその場は打ち切りになった。

妻は一階に戻るソーシャルワーカーについて廊下に出た。奥さん大丈夫ですか。そうね、なんとか大丈夫です。またなんでも言ってください、お役に立てるかわからないですけど調べたりなんかはできます。エレベーターの扉が閉まりがけに、奥さんにこのあときっといいことがあると思います、とソーシャルワーカーが言った。

夫は三日ほど壁を向いてものを言わなかったが、部屋はこれ以上放っておける状況ではない。ともかくわたし入りますよ、業者を頼んで捨てるものを捨てなければ、と言うと、夫はふいと向き直って、浜田さんに携帯で連絡しておいたから打ち合わせて、と久々に口を開いた。

浜田さんはなじみの中古カメラ業者だった。夫は以前は何軒ものカメラ商と取引していたが、ここ何年かは気が合うかして浜田さんひとりに絞っているらしかった。けっこうなお中元お歳暮が送られてくることからいいお得意さんだとわかる。妻は、もう売らないでください、夫は自分のお金を使い果たしてからこっちぜんぶ借金なので、と何遍も電話をしかけて、気おくれしてやめている。

もうずいぶん前のことだが、夫は、谷九を最終たたむときは浜田さんが一括で引き受けてくれることになっているから、と電話番号を妻に教えていた。その気になってくれたのか。息子の説得が効いたのか、いやそれは考えにくい、ここへきてふと嫌気がさしたのかも知れない、たぶんそっちだろう。夫の気が変わらないうちにと聞いていた番号にかけると、いきなり大きな声がした。大将、足、どないだっか、気にしとりましたんやで、ほうほうほう、そういうことなら早いほうがよろしな、明日下見どないです、あそこ、廊下で待ち合わせはまずいでしょうな、地下鉄からアパートへ上がる連絡通路のところで、赤い帽子かぶってますから。

赤い野球帽をかぶった浜田さんは丸い顔じゅうで笑いかけ、まあ奥さんにはすまんことでした、えらい資産家さんや思うてましてんで、次々買うてくれはるさかいねえ、と言った。実を言うとこの一年ほど、いや二年くらい前からかな、買い方がおかしいなってってねえ、わしが言うのはなんやけど異常でしたわな。わしとこと、あと日本橋のゴトウカメラ知ってはりますか、自転車で毎日通うて買うてはったと聞いてます。まあ八百屋でじゃがいも買う感じですわな。めぼしいもんがないときは昨日買うたのと同じ機種を買うたりね。量もですが品物も、映画の特殊な撮影機材とかフィルムがもう売ってないから写せへんカメラとか、実用にならんものばかり。だれも買わんので骨董品としての値も出ません。まあ鉄の塊ですわな。大将の好きなんはそんなんでね。ドイツのオークションを教えてあげたら気に入らはってねえ、変わったもんがある言うて。なにしろ重さがあるから、船便の運賃だけでもとてつものうかかったはずですわ。妻が鍵を開けると、浜田さんはおうおうと声を上げながら小柄な体で動きまわり、ごみを踏み越えて奥まで入った。これはまあ、ようここまでしやはりましたな。商売でいろんなお宅へ行きますけど、ここはちょっと別ですわ。カメラはぎょうさんあるはずですけど、どこにあるやら全部掘り返してみんことにはわかりませんな。大将がその気になったのなら、わしのほうでごみ業者を頼んで請け負わしてもらいます。空っぽにしてURに返せる状態にまでします。カメラはわしとこだけでは手に負えん。三、四軒カメラ屋を呼んで競売にするのがええでしょうな。古物商も呼びましょうな、古物のオークションがありますさかいね。ちょっとおおごとになりまっせ。何回かかるか、最初一回は奥さん立ち会うてくれはりますな、できたら息子さんもお願いします。

帰るとき浜田さんはその辺のものを踏み台にしてドアの上のブレーカーを下ろした。冷蔵庫の分も無造作に落とした。

夫は、いつから始めるのと毎日聞く。来週の日曜からだそうです、と答えて妻が病院から帰る途中携帯が鳴っていつからと聞いてくる。家についてしばらくすると家の電話に同じことを言ってくる。夫は毎日、いつからなのと聞き、明日だねと言ったりした。

日曜早朝、枕の下で妻の携帯が振動した。今日なんだね、何時から始めるの、間に合うように行く、病院にはもう言ってある。妻は体が沈みこんだ。ぼくのものをぼくが見に行くのが何が悪い。あんた方がぼく抜きで谷九を撤去すると言うからこっちも考えを決めた。

中のものをぜんぶうちに運ぶ。カメラは売らない。とにかく見に行く。車いすなんか必要ない、タクシーを呼んでひとりで杖ついて行ける。あなたは来なくていい、あなたには頼まない、時間だけ教えてくれ。そうこうするうち息子が電話をしてきて、今日立ち会うと言った。わかった、連れて行かな納得せえへんやろう、おれが病院へ行くわ。

けっきょく妻と息子が両側から支えるということで病院になんとか外出を認めてもらった。看護師は、このところお食事をほとんど残してはります、体力がずいぶん落ちているはずです、と言い、なるべく早く戻ってきてくださいね、とくりかえした。

アパートのエレベーターを出ると、すでに廊下に大きなものが出ていた。浜田さんと男性が立っていた。おう大将、足、えらいことにならはりましたなあ、こちら回収業者さんです。夫は蒼白な顔で息を切らせ、それでも辛うじて頭を下げる。浜田さんが部屋に入り、木箱を持ち出してきて廊下に置いた。夫は倒れこんで腰を下ろし、目を据えて、廊下に出たものを見、部屋の中をのぞきこむ。

どうやら浜田さんと回収業者の間の話が合わないらしく、業者がおりると言っている様子だった。２ＤＫで相場三十五万やけど、その三倍か五倍かやってみんとわからんが、こんな現場は経験ないんでうちではようやらん。もっと大きいところに当たってください。

今日は若いもんを連れてきたしこのままというわけにはいかん、整理の手伝い一日分だけやらしてもらいます、と業者が浜田さんと夫を等分に見て言った。浜田さんが、どのみち今日のことにはなりません、今日はだんどりつけるだけで、と妻に向かって言い、よろしいな大将、と夫に言った。金になるもんを選ぼうにもこれではね、少しずついったん廊下に出して除けていかんと選別もできん。その間にも中から若い人が二人がかりでものものしい物体を抱えて出てきた。黒い、鉄の、工具かなにか。なんですかこれ、と妻が思わず言うのに夫が、せんばん、とつぶやいた。せんばんって。旋盤ですわ、と浜田さんが言った。

息子が、金色をした手足と胴と頭を備えたものを抱いてきた。ブリキの人形か。たぶんアニメの主人公のロボットだろうが背中を向けていて顔は見えない。抱えている息子の上半身とほぼ同じ大きさだ。お父さんこれ要るんですかと息子が言うので妻はひきつって笑った。夫が、いらない、と小声で言う。わたしならこの時点で恥で死ぬわと妻は思う。残酷な気持ちがどんどん昂じてくるのを妻は意識した。

息子が、お母さんはどこか喫茶店へ行っていなさい、ここにおらんほうがいい、と言った。妻はエレベーターで下りた。通りは晴れ、人が大勢歩いていて、映画の画面に自分が入ってきたのかと思った。喉元をかたまりがふさぐのを意識した。小さい店を見つけたが汚れた感じがして通りすぎる。少し行って、こんどはきれいなカフェがあったが惨めになる気がして入れない。秋の日ざしの中を歩き、思いついて引き返した。アパートの隣の寺に梶井基次郎の墓がある。ぴったりな気がした。行ってみると墓地の入り口に張り紙がある。——殺虫剤を撒布したのでお参りの方は樹木と草に触らないようご注意ください。入る気をなくし、歩道の植え込みの台石に腰を下ろした。

黒い魚がひょいと出た。陽光のまぶしさに具合悪そうな顔をして、そのうちいなくなった。

目の前を過ぎる人びとの足を眺め、空白の時間をつぶしてからコンビニで冷たいお茶を人数分買って九階に戻る。廊下に、部屋からエレベーターまでものがつながって並んでいた。廊下の窓際に片寄せて一列に置いてある。金属のラック、喫茶店のカウンターかと見える台にこれは明らかに喫茶店の丸いテーブル、斜めにひしゃげた事務用椅子、粗大ごみの日に拾ってきたのだろうか。三脚のついた望遠鏡、薬戸棚というのか極小の引き出しが無数に並んだ戸棚、顕微鏡、アコーディオン、たぶん鉄床《かなとこ》、六角形の柱時計、ガラスをはめた置き時計、ギターケース、映写機、音響機器はスピーカーやらアンプやら同じようなのがいくつも。パソコンが大方二十台もっとか。夫はこれらの者どもを詰めてこの部屋で何十年。

朝から初めて住人が通るのに出会った。三十代ほどの男性は開けた扉から中にちょっと目をやり、歩きながら並んだものを眺め、しかし表情を変えるでもなくエレベーターへ向かう。朝来てすぐ近所となりに挨拶するつもりだったのを、しそびれていたことに妻は気づいた。左となりは空き家らしい。もうひとつ左の部屋は電気がついて換気扇がまわり明らかに人の気配がするが出てこない。右側の部屋のブザーを鳴らすとやはり若い男性が顔だけ出した。ほんとうにすみませんお騒がせしています、と妻が頭を下げるのに向かって相手はいやいやいやなにもと言ってすぐ引っこんだ。

息子が近寄ってきて、ぜんぶうちに運ぶ言うてるで、と言った。夫は同じ場所に座っている。空き箱が椅子に替わっていた。お金がなくなったからマンションは売ります、だからうちへは運べないんです、と妻はその場の思いつきで夫に言った。夫は妻を見て黙っていた。

息子が業者の若い人と二人で大きいものを運び出してきた。ユトリロが出た、と息子が言った。大きなものは額縁だった。黒に金色のもののものしい額縁、一方の枠が壊れて外れている。ユトリロ。ほんとにユトリロだ。でもこれはいったい何だ。印刷ではない、油絵には間違いない。模写か何かか、贋作というものだろうか。ユトリロが廊下の列に並んだ。パリの暗い町がこちらを向いて廊下に据えられ窓ガラスをふさいだ。夫が口を開いた。聞こえるか聞こえないかの声で言った。これはあなたに買ったのだからうちへ運ぶ。

浜田さんがタオルで首筋の汗をぬぐいながら出てきて言った。かなり空間ができましたんで、これでごみ出しの作業にかかれる思います。カメラもだいぶあらわれてきたし。

夫の顔はほとんど紙くず状に皺くちゃで、血の気がない。どうやら限界に近かった。トイレのことも気になった。それはさっき下のコンビニへ連れて行ったから大丈夫やと思うけどと息子が言い、もう病院に戻りますか、と聞いた。夫がうなずいた。妻はほっと一息ついた。

そのとき夫が素早い行動に出た。椅子を滑り降り、ひざをついて扉の内側に這って入った。そのままごみの山に這いのぼり、手と足でごみをかき分けて前進した。畳の部屋に入るあたりで止まり、ごみに半分体を沈めて足を投げ出した。手の触れる範囲の棚からカメラを取り上げ、目の前に持ってきて眺める。やがて右手で棚に戻す。左手でごみの中に放りこまれるカメラもあって、要らない捨てるということだろうか。見まわしてかばんを見つけ、棚に戻したカメラを詰めこんでいく。浜田さんが、あー大将選び始めはったわ、と言った。妻と息子は戸口に立ってぼうぜんと眺めた。夫は終始無言で、目を据え、右手でかばんに入れ、左手で投げ捨てる。ごみの山がカメラを飲みこんで沈み、がさごそ、がさごそ、鳴り続けた。

＊

夫を老人ホームに入れた。

いつか「ぼくの自由」と言っていたけれど、この人ははたして自由だったのだろうか。好き放題ものを買った。だがいくら買いたいだけ買うと言っても、世界中のものを買い占めることは不可能だ。日本の古カメラ商にあきたらず外国のオークションまで手を伸ばしていたけれど、昨日買い、今日買って、明日も買い続ける日々だったけれど、買えば買うほど、まだ買っていないものに向かって、欲求不満は昂じていったのではないか。

共に過ごした六十年の途中から、とくにここ十年二十年、この人の顔はあからさまに悪くなっていった。目が穴になった。目は体の部品、心も体の部品。この人は執念にすっぽり囚われていた。執念という名前の自分の穴を掘り続けた。

この人は自由ではなかった、のだ。

ごみ出しのとき、業者が言った。だんなさんはほんまに幸せなお人やなあ、こんだけ欲しいものを買い集めて。苦笑するほかなかったが、アスペルガーの夫を持つ妻のグループの会に行ったとき聞いた言葉を思いだしていた。アスペルガーの人は基本ハッピーなのです、自分のことだけしか考えないから。

たしかに夫は自分のことしか考えない。だが、夫の場合は限りなくアンハッピー状態に向かって穴を掘っていったのではないか。

この人は自由ではなかった。

新聞記事。九十六歳の男性が愛知県中部空港で保護された。かばんに二千八百万円入っていた。北九州市の家から放浪の旅に出てきたと言い、全国歩いて気に入った土地があったらそこで住むつもりと言った。

この困った老人は夫に似ている。そうか、自分はこういう男が好きなのか。いや好きかどうかはわからない。気になると言い直そう。

かかわったという言い方なら、わたしは夫に確かに深くかかわった。好きになり、憎しみ、死ねと思った。相手は悪くない。人は変わるものなのに変わるにつれて互いのあり方を変えなかったことが悪いのだ。もと人生のある時期、好きだったという事実は事実として、その上で関わりかたのかたちを変えないで来た、それが間違いだったのだ。

わたしが失敗したというなら、この人もわたしといっしょになって失敗したのだ。

この人もわたしも自由ではなかった。

二人の六十年の無駄だった。

喉が詰まると、時によってだが上海の黒い魚があらわれる。沼の泥のなかをぬめぬめと這い寄ってきて、丸い目でまっすぐこっちを見る。いつか夫のことがぜんぶ終わったとき、喉が詰まらなくなり、体の疼痛もなくなり、黒い魚があらわれなくなるだろうか。

それが自由だということになるのだろうか。

六十年の無駄が終わったことになるのだろうか。

違うだろう。

自由は自分で取りにいくものだから。

ひとり暮らしを始めた十二階の窓の外高く雲が流れていく。からっぽの安穏。とりとめなく、とっかかるところのなく、身も蓋もなく、なんにもなく、すかすかな安穏。

夕方、杖をついて家の近くを歩きまわるのが習慣になった。

玉造マリア大聖堂の裏手、細川ガラシャ屋敷跡の越中公園。

西から、雲が赤く染まりながら押し寄せてくる。

五年生くらいの男の子が、一人は木に登ってせいいっぱい手を伸ばしては枝を揺すり、一人は下から棒を持って枝を突いている。長い棒の先にさらに何かくくりつけて、苦心の跡が見える。

今どき珍しい風景を見たと思って、立ち止まって見物した。

木の下の子が上の子に言った。

「気いつけよ、子どもおるで」

一年生かと見える子どもが三人、畏敬のまなざしで木の上の子を見上げている。なるほど。

「老人もおる」

――はい、たしかに。

泥鰌浮いて鯰も居るというて沈む　という俳句を思い出した。作者は永田耕衣だったか。

少し後、めでたく、ひっかかった何かをとることができたらしく、男の子はずるずると木を下りてきた。

雲が壮大に真っ赤だ。

携帯が鳴って、メールが来た。

知人が、ときどき気が向くと、気に入った俳句をメールしてくる。

そうではなかった。そのとき、こっちが気に入りそうな句を見つけて、送ってくれるのだった。泥鰌の句も、いつだったか、そうやって来たひとつだ。

　夕焼けにふいに田中を呼んでしまう　福田若之

田中ってだれだよ。

初めそう思って携帯の画面の字を見ていたが、やがてじわじわ効いてくるのを、感じる。

そうか。この句が響くのは、固有名詞があるからか。

夕焼けに来る田中。

句の「わたし」は田中を呼ぶだけだ。呼ぶことができるだけだ。田中も来るだけで何をするのでもない。

そうなのだが「わたし」は夕焼けに呼べる田中をもっている。夕焼けに来る田中の存在。

人と人とが在るとはもしかしたらそういうことか。

呼べる田中をもっているか。いないか。

もっていれば自由かもしれない。


夜になって黒い魚が来た。

もう来ないから、と黒い魚が言った。

そうなの、と言うと、来るかも知れないけど、と相手が言って消えた。

百羽の雀

「毎晩葬式の夢を見ます」と兄修二が言った。

「だれの葬式かわからない。百羽すずめの部屋で、康雄さんとちず子さんがいて、だれのか分からずにやっている。親戚の、いろんな人が来ているが、みなだれが死んだのか知らない」

「同じ夢」とわたしは聞いた。

「同じ夢です」と兄が言った。

「ぼくはいたり、いなかったり。中学生くらいで」

百羽すずめというのは、東海地方の村の古い家にあったふすま絵だ。

階段をあがると左が納戸、右は鍵の手に廊下がめぐり、ガラス窓があった。ひさしが深いので、外からは重い瓦屋根の下に二階があるとは見えない。二部屋をしきるふすまに雀が描いてあった。ふすま四枚を続けて、松の大木の幹と枝があり、雀がむらがる。

「ほんとにきっちり百羽いたんですよ、ぼくは数えたことがある」

ごくたまに、風を通しに行く母について階段を上がることがあった。雨戸を開け、障子を片寄せても部屋はうす暗かった。床の間と違い棚のある奥のほうから湿ったほこりのにおいがたった。ふすまは重くて、力をいれないと敷居のみぞを動かない。葉群れの高みを羽をひろげて飛ぶ雀、小枝から別の小枝へ飛び移ろうと身がまえる雀、つつきあう雀、のどの奥まであけ広げて鳴きたてる雀、粗い木肌にとまって羽づくろいをする雀。四面の黒い漆のわくにかこまれて、けっして出ることのない雀ども。わたしは憎んだ。

「グロテスクだったじゃないの」

「そんなことはない。百はおめでたい数です」

明治の終わりに絵師が描いためでたい雀たちは、四十年と少したった昭和の敗戦のあと父が母屋を処分したとき、解体された梁や柱といっしょに天竜川をさかのぼり、山あいの村に運ばれた。家は元のかたちに建て直されて寺の本堂になり、雀もそっくり二階におさまった。

父が、実家を継ぐ事情で、勤め人の生活を畳んで東京から村へ移ってきたのは、敗戦前年の春だった。ちょうど地方への疎開が始まった時期に当たり、わたしは村の国民学校五年女組に転入して、組で三人目の「疎開の子」になった。兄二人は町の中学へ自転車で通った。

母屋を売ったのはわたしが高校二年、次兄修二が大学に入った年だった。兄はそのまま東京に住み、わたしも高校を卒業すると家を離れた。

「康雄さん」と兄が言う父も、「ちず子さん」と呼ぶ母も、母屋を取りはらった空き地のはずれの離れ座敷で逼塞し、やがて死んだ。それぞれ、安らかな死ではなかった。

あの地に家族が住んだ年月に、いいことなんかひとつもなかった。

それなのに、兄は七十六歳になった今、病院のベッドで百羽すずめの話をしている。どう見たってよい絵と思えない、兄にしても値打ちがあると思っていないはずだし、かりにあの家がまだあったとしても葬式を二階の部屋ですることはない。

忘れた雀どもがなんで今ごろやってきて、兄の頭に飛びこんだのか。

「だれの葬式かわからない」と兄はひと息ずつ休みながら、くりかえした。

「もうやめましょう、その話は」とベッドの向こう側から兄の妻が言った。

兄はしばらく黙っていてから、また口を開いた。

「書きかけている本があります。題は『クリークの野糞』という。短編集です」

「「クリークの野糞」、あれはいい」とわたしは言った。

「文学座の友田恭助が上海で戦死する前に出したはがきの、友田の俳句からはじまる話。あなたの書いたもののなかで、わたし、あれがいちばん好きよ」

句は思い出せなかった。

「あれは六枚くらいのエッセイだから、書き直してちゃんと作品にしたい。ほかのと合わせて一冊にする。全体の題にはクリークを使って、副題を——戦場の詩人たち——にする。戦場から故郷に送った軍事郵便には、ときに俳句や短歌が書いてある。川柳も多いのですよ」

兄の言葉はときどき聞きとれなくなった。

「どれも日中戦争のはなし？」

「硫黄島のことも書きかけている。だけど、あなたはどうして「クリークの野糞」を知っていたのかな」

「俳句の雑誌に掲載したのを送ってもらったもの。もう二十年も前になるかしらね」

兄はしばらくだまっていた。掛け布団からのびた管の先で音をたてず泡ができて消える。

わたしが見舞いに行くといつも話が多くなる。またあした来ますと言って立ちかけると、兄が言った。

「退院して、書かないと。時間がない」

「時間はあるでしょう」とわたしは言ったが、語尾があいまいになった。この人に、わたしは思っていないとは言えない。

「——そうね」

またしばらくだまっていてから、

「あるだろうか」

天井を向いたまま兄が言った。

「葬式までに間にあうだろうか」


東京から帰った次の日、「クリークの野糞」を引きだしから探し出した。俳句誌『童子』十一月号とある表紙と掲載ページだけのコピーで、A5二段組二ページの短い文章だ。誌の発行年もわからない。

わたしは記憶ちがいしていた。兄がエッセイを書くきっかけになったはがきというのが、友田恭助が夫人の田村秋子あてに戦場から出したものと思っていたが、そうではなかった。

友田と新劇の仲間だった山本安英が書いて、共通の知人某にあてたはがきだった。日付は昭和十二年十月七日。上海の友田から軍事郵便を受けとった山本安英が、知人宛に、「友田軍曹は上海戦線で活躍中」とはがきで伝え、友田の俳句を書き写したのだった。

クリークにうしろを向けて野糞かな

一九三七年（昭和十二年）七月盧溝橋で日中両軍が衝突、八月上海で戦闘が始まった。友田は九月下旬に応召、工兵部隊の軍曹として上海戦線に投入され、十月六日戦死した。山本安英は翌七日に、友田の死を知らずにはがきを書いている。

友田が句をつくったのは半月にみたない戦線の日々のうちのどの一日だったのか、第二信を書くひまはなかっただろう。

友田恭助三十七歳。築地小劇場の創設以来、新劇活動の中核にあり、俳優として絶好調にあった。細おもての美男子。田村秋子、山本安英はともに小劇場時代からの同志だった。

この一枚のはがきを、日中戦争に続く太平洋戦争もすべて終わって何年もたったある日、兄は東京の町の古書市で偶然目にとめた。四十五年か五十年の年月を経たはがきは黄ばんで、インクの色も薄れていただろう。べつに俳人ということではなかった友田が、上海の戦場でふと句を作り、軍事はがきに乗せて故国の仲間へ送る気になった。受けとった山本安英も亡くなり、山本の手で別のはがきに書き写して伝えられた知人も、亡くなった。家族が遺品を処分したなかに書籍類とまじって、はがきがあったのだろうか。時の流れのあぶくの中から兄がたまたま拾いあげた句を、知る人は兄のほかにおそらくいない。

自分以外にだれも友田のこの句を知る人はいないのではないか。その気持ちから兄は文を書き、多少縁のあった俳句誌に載せてもらったのだろう。聞いていないが、そんなふうに思う。

兄は書いている。

それにしてものどかな句である。はじめて見る異国の田園風景をたのしみながら、友田はクリークのほとりの楊の根元にしゃがみこんで、川風に裸の尻を撫でさせている。

ついで兄は、十月六日の上海戦線を考える。日本軍が八月に揚子江岸の呉淞に上陸して以来、戦闘は熾烈をきわめた。日本側は三か月で四万人の兵が死傷、中国側は十九万人が犠牲になったと言われる。上陸地点から上海北部一帯は、坦坦たる綿畑に網の目のようにクリーク（水濠）が走る。日本軍がクリークをひとつ渡るごとに、隊が全滅するか、後退するかした。なかでも六日、七日に敢行された蘊藻濱クリーク敵前渡河は日中戦争有数の激戦になった。

敵前上陸や敵前渡河で最も危険にさらされるのは工兵である。工兵は歩兵部隊の前進に先立って最前線に出て、綿畑の中を体をむき出しにしてクリークまで舟を運び、弾雨の中で浮き橋を掛け、歩兵を乗せて舟を漕ぐ。工兵軍曹の友田は、班長という、危険を一身に背負いこんだ立場であった。

友田はその日、蘊藻濱クリーク強行渡河作戦で弾を受けて死んだ。

同じ日蘊藻濱にいた兵のなかに、富澤赤黄男《かきお》がいた。富澤は日野草城の主宰する『旗艦』同人で、生き残って多くの句をつくった。兄は数句をひいている。

まっかうに雲耀かせ強行渡河
雨あかくぬれているのは手榴弾
塹壕の腹がまっかにうねる雨

戦聾の雨だれをきかんとはするか
鶏頭のやうな手をあげ死んでゆけり

同じとき、同じ状況にいて、ふたりはこれほど違う句をつくった。兄は、どう解釈したらよいのだろうという疑問の末に、「どちらも同じ時、同じ場所の現実だというほかはないのかもしれない」と書き、短文を次のように終わる。

友田恭助が野糞をしたクリークが、蘊藻濱だったかどうかはわからない。たぶんそうではなく、そこへ到達する前に通過した小さなクリークだったと思う。しかし地図で見ると、その地域のクリークはすべて蘊藻濱に流れ込んでいるから、野糞のクリークと死に場所となった蘊藻濱とは、結局は同じ水路だったことになる。

地図を見ると、日本軍上陸地点のあたりは兄が書いているとおり縦横に水路が走っていて、なかでいちばん太い水路に蘊藻濱と書いてある。蘊藻濱が流れこむ黄浦江はもう河口で、長江に開けている。

わたしは作品を読みかえして、前に読んだときと同じように、美しい作品だと思った。

山本安英がはがきを書いた前日に友田恭助が戦死していた偶然は、むごい。国が戦争をしているときの国民の暮らしは、こうしたむごさの数知れない重なりだと思う。

兄が友田と富澤赤黄男の句のどちらも現実だ、という。わたしも、その場でしかない真実というものはたしかにあり、ひとつひとつが一回かぎりの真実だと思う。

だが、前に読んだとき考えなかったことも、考えた。

兄は、こちら側で戦死した人の真実しか書いていない。

ことは、一九三七年の中国の地面の上でおこなわれている。二か月後の南京へ続く地面の上で。兄は「澄んだ秋の空が、蘇州から南京の方まではるばるひろがっていたにちがいない」と書いている。当然、意識をしている。

故意に書いていないことがある。

そして、美しい小品だと一読して思ってしまった印象は、たぶんそこから来ている。

書き直したいと兄が言うのは、もしかしてそのことだろうか。

「クリークの野糞」を書いたころ、兄はテレビ局に勤めるかたわら、書いたものを少しずつ発表していた。資料にしたのが、古書店や切手市に通って見つけてくる軍事郵便だった。

検閲を受ける手紙であっても、日中戦争の初期までは、兵士たちが比較的自由に手紙を書ける場合も、ときにはあったらしい。村長や学校の先生には型どおりの内容を書いても、家族にあてた手紙では心のなかをせつせつと訴えている。

山田稲も十分に身が入て居りますか、又昨年と今年とは如何なるちがいで有るか、又向山も具合よく水も有りましたか

テエポオかたげるより一日も早く帰へて肥もちボオがかたげたい（鉄砲を担ぐより、天秤棒で肥たごを担ぎたい）

こうした手紙を、兄は「もうひとつのメディア」と言い、「戦場からの手紙」と題する短い作品にまとめた。

昭和八年、熱河侵攻作戦に動員された秋田歩兵第十七聯隊の兵士が、慰問袋をもらった

京都の少年に出した礼状は、次のようだ。

タクサンノ支那兵ヲ殺シタヨ　支那兵モナカナカ強カッタデスヨ　シカシ我ガ日本軍ニ勝テルハズハナイネ　トウトウ密雲トイウトコロデ皆殺シシタヨ　ナカナカ面白カッタデスヨ

小学生の自分も同じように、知らない兵隊さんから慰問袋のお礼の手紙を受けとり、血わき肉おどる思いをした、と兄は書く。

この手紙は「大キクナタナラ軍人ニナルヨウニネ」と結ぶ。私たちは本当に、大きくなったら支那兵をたくさん殺そうと素直に思いながら、軍国少年に育っていった、と兄は続ける。

満州事変は停戦協定が結ばれたあと、「匪賊」との戦いという延長戦に入り、戦死者の数は増えていく。日本側が言う匪賊とは中国側では抗日ゲリラで、常は農民として暮らす。日本兵から見れば「どれが匪賊か敗残兵かわかりませんです」と手紙で訴えているように、昼間は日本軍に対して従順な村人が夜になると武器を持って襲ってくる。

兄は「こうした疑心暗鬼状態が兵士たちの精神を荒廃させていき、彼らの感受性をささくれ立ったものにしてゆく」として、吉林省からの一通を紹介する。

町の入口には生首が木に吊して一般人の見せしめにしてあります。今日も昨日捕虜にした匪賊二名を銃殺いたしました。それもなんとかそんな処分にされるのかもしれません。

兄は、「残酷な行為が、いともさらりと普通のスケッチのように描かれている。殺したり殺されたりすることへの恐れと感動は何も見られない」と思うところから、考えを拡げていく。

昭和の日本陸軍は匪賊と戦いながら、軍隊の性格を形成していった。捕まえた匪賊は殺してもよいという常識。昨日捕まえた匪賊を今日はもう殺して、その生首を木に吊すという行為、さらに言えばその行為を平気で故郷へ書き送れると言うことに見られる、殺すことに対する鈍感さ。民衆に対する不信感と恐怖感。だから疑わしい市民や村人は匪賊と決めつけて殺してしまうと言う粗雑さ。昭和の日本陸軍のそうした側面は、陰惨なゲリラ戦が否応なしに植え付けてしまったものではなかったか。そう考えなければ、昭和十二年十二月に引き起こされた南京大虐殺事件を理解することはできないのではないだろうか。満州の戦場で書かれた数多くの軍事郵便を読みながら、私はそう思う。

「戦場からの手紙」を載せた研究会機関誌の発行は一九八五年。「クリークの野糞」を俳句の雑誌に出したのも、たぶん同じころだ。

元気で仕事していたころ書いた作品をいま病院のベッドで思いかえし、書き直したい、書き足して一冊にまとめたいと言っている。

これらと別に、兄が長年にわたって書き続けてきた作品群がある。くにの家の土蔵にあった古い文書類を兄が整理し、市立図書館に収蔵してもらった。これを主な資料にして、明治初年以降の遠州地方を書いたものだ。大学の近代史研究会会報などに発表してきたので、一般に読まれる機会はほとんどない。こちらも一冊のかたちにしたいと兄が思っていることは、わたしも知っていた。

間に合うだろうか、と言うのには、この方も入っているらしかった。
手元にもらっている作品の表題の一部を挙げると、次のようだ。

「青雲の志　岡田浩輔の遊学時代」
「寺子屋から西洋学校へ　ある村の文明開化」
「草刈り縄ないから殖産興業へ　近代報徳思想」
「田舎愛国の精神　遠州紡績会社と岡田浩輔」
「学士論客と豪農民権　自由民権運動の中央と地方」
「国会開設期の選挙運動」
「極言諷諫のジャーナリズム　東海暁鐘新報の苦闘」

慶応四年、遠州下江郡中田村の庄屋の跡継ぎであった十九歳の岡田浩輔は、国学者から尊皇思想を学んでいた。時勢に応じ、遠州報国隊に馳せ参じて江戸へ進軍する。勝って官軍となった青年は、意気揚々、文明開化の東京で明治新政府兵部省の官員として立身出世をとげた。銀座二丁目の写真館で撮った写真は、フロックコートを着て髪を七三にわけ、もみあげを耳の下まで長くし、斜め左を向き半身に構えて顔の右側を見せるというポーズで、兄の言葉によれば「生きることが面白くて仕方がないという顔をして、得意そうにレンズを見つめている」。自分の美男も意識していただろう。官員になる前に英学の志を立てて慶應義塾で学んでいたころ、郷里へ帰ってこいと言う親にそむいて送金をとめられたが、新富町の芸者に可愛がられていたから少しも困らなかったという人だった。うそかまことか、新富町から学校へ人力車で送ってもらっていたという。

帰郷してからは紡績会社を設立、国会開設静岡県有志総代として元老院に建白書を提出し、改進党結成に参加、第一回と第二回の衆議院議員選挙に立候補し落選。政治から手を引いた後は、銀行経営を中心に地方財界の仕事に落ちついた。

「寺子屋から西洋学校へ」という一編では、学制が発布されたころの話を書いている。中田村では、幕末の慶応元年から、浩輔の父親の治一郎が自宅に儒学者を招いて郷学校をひらいていた。名を「吾憂社」といい、のち「四教館」と変える。明治五年東京遊学から一時帰郷した浩輔はいちはやく新しい学塾を開き、「啓蒙社」と名付けた。四教から啓蒙へ、時代の変化を端的にあらわしている。ついで明治六年学制発布を受けて、治一郎は県へ小学校の建築を願い出た。義務教育がきまったものの、内実は建設費から教師の給料まで地元持ちであり、校舎の建築には民間の私財があてられる場合があった。当時の中田村は戸数四十戸、たんぼと畑の中にぽつんと立つ中田学校はハイカラな西洋型校舎だった。

これらの作品は歴史というより一章ごとの短編ノンフィクションと呼ぶほうが適当だろうか。文章のなかの人びとはいきいきと動きまわり、読みものとしてよくできている。兄はテレビ局で報道番組をつくっていたので、複雑なものごとをわかりやすく展開し、おもしろく見せることができる。自分の家の三代前と四代前、幕末から明治大正へ、当主たちの行動を中心に据えているが、家の物語におさまってはいない、一つの地方の一つの時代を表現できている。作品を通して読むと、日本という近代国家ができていくありさまが浮かび上がってくる。人物はたしかに個性があり、魅力があって、作者が好意を持っていることがわかるが、自分の先祖だからのめり込んでいるということはない、客観的に書いている。身近に貴重な第一次史料があるのを発見し、夢中になって書いた、という見方があたっているかもしれない。

別に、もっと古い時代の家のことを書いたものがひとつあり、こちらの方はどこまで調べ、どこから創作か、おそらく大いにフィクションなのだろう。作者が少年のころ、夏休みに父の郷里へ遊びに行った。屋根を修理する職人について天井裏へ登ったところ、梁にひとふりの太刀がしばりつけてあった、という話から始まる。作者は赤錆びた太刀から想像をめぐらす。

今川の落ち武者が、桶狭間から一族郎党とともに命からがらここ遠江《とおとうみ》の地にたどり着いた。もう戦いはいやになった、武士はやめだ、百姓をしようときめ、竹藪を切りひらき荒れ地をたがやし、天竜川の氾濫に耐えて十数年。あおあおと水を張った田の上をとんぼが飛び、あぜ道に蛙がなく。老若男女は田の前に立ち、この地で生きていくことをしずかに誓う。

これはどこかに発表したのではないワープロ原稿のまま製本してあり、書いた日付もない。わたしがいつ兄からもらったものかも覚えていない。兄の作品にしては稚拙すぎるところが笑えてきて、わたしは好きだ。

この幼い一作をのぞけば、兄は、作品のなかで、家に対して感情を入れこんでいない。

だが、わたしの感覚とは、ずれる。

家の門を出たすぐ裏手に墓所がある。祖父母と、父康雄と母ちず子、長兄有一の骨壺を入れた累代の墓にとなりあって、曾祖父浩輔の墓と曾曾祖父治一郎の墓がある。二人の墓はそれぞれ、戦争最中一九四四年冬の大地震でまっぷたつに割れたときの亀裂が、セメントで埋められた痕を残している。夏ならば、彫られた名前のくぼみに雨蛙がすわっている。そらまめに似た色で、大きさもそらまめくらい。漢字の筆遣いに添ってはまりこむ、丸っこい姿。雨蛙が雨宿りするのかどうか、夕立のあと行ってみるとほとんどどの字にも一匹は入っていて、石も蛙も雨のつぶつぶをはじいている。墓所の一方に鍵の手に壇を築いて小さい墓が並んでいるのは、たぶん浩輔の代に整理したものだ。明治のはじめの廃仏毀釈令で村ごとそっくり神道に改宗したという、それより前の家の人たちがひとりずつ戒名をつけて並んでいる。台風の夜亡くなったのか、「あらしとともに弥陀の浄土へ」と彫った墓があったり、水子だろうか地蔵さんのかたちをしたのもある。地蔵さんのひとりは地震で頭が落ちて、セメントで首を接いである。二歳童子としたのもある。べつに槙の生け垣の根方に、あきらかに一つ離れて小さく置かれた墓があり、「おえださま」の伝説があった。いつ頃のことか、婚家先から戻されたおえだという人が首を吊った。後年、墓地を整理したとき墓を掘ったところ、指輪が出てきた。蛇がとぐろを巻いたかたちの指輪、金だったか銀だったか。居合わせた親戚の娘にだれかがふざけてはめさせた。娘ははめてから聞いて悲鳴を上げたが、指輪はきっちり指にはまって抜けなかった。

母ちず子さんの骨壺はわたしが抱いて、累代の墓のなかへ入れた。わたしはちず子さんに向かっては、こんなところに入れられてかわいそうだと思い、この家でつらかったのねと思い、ごめんねと思い、いまさら思ってもおそいと思い、けっきょくぐしゃぐしゃになる。

だが浩輔や治一郎と彫られた字を見て、べつになにも思わない。

自分があの家を離れ、康雄さんとちず子さんが亡くなったとき、わたしにとって家はなくなっている。

もしわたしが歴史学の勉強をしていて史料をあつかうことができたとして、土蔵の文書の山を埃の中から見つけたとき、兄ほど熱中したかどうか。たぶん、しなかった。

史料のなかみから当然引き出されることなのだが、兄が書いているのはぜんぶ、おもて側で勝った人の話と、勝った人がつくった国の話だ。明治維新以前は儒学の修身斎家治国平天下の思想で、以後は西洋先進国を手本とする啓蒙思想で、志高く勉学に励み、報徳精神をもって勤勉真摯に働き地方に産業を興し、村の文明開化につとめた。自由民権運動にも加わった。価値あることをした人たちだ。そしてけっきょく、この人たち、男の人たちが、日本のおもて側で、富国強兵をなしとげた。

そのようにして明治のはじめ以来国とともに勝ち続けた家が、父の代になり、昭和の敗戦をひきがねにみごとにこけた。父祖からただでもらった田畑が、農地改革という国の事情で父の手のうちから、ひとりでになくなった。父は父祖と違って実業の才覚を持たず、闘争意欲というものをまるで持ち合わせなかったから、なくなるにまかせた。恨み言をいうこともなく平然としていたが、働かないので食べるものもなく、それでも平然としていた。

父を見れば、古い家が倒れることは道理として、しんそこ納得できた。白蟻がついた家屋が倒れるのと似ている。国が戦争に負けたのが正当だったと同じく、この家が滅びたのは当然だと、中学生のわたしは思ったし、数十年経た今でも思っている。

兄とわたしは、そこがずれる。

兄は、くにの家には六年たらず暮らしただけで東京へ行ってしまったから、夜井戸端に座って泣いていた母を見ていない。祖母の、気に入りの孫息子の自分に向ける顔が、嫁に向かうとき、とたんに厳しくなることを知っていただろうか。雀のふすまが、女の手で簡単に開けられないほど重いことに、若い兄が気づいていたはずもない。

修二さん、あなたが書いたのはおもて側だけの事実よ。東京でベッドに寝ている兄に向かって、大阪からわたしは言う。家は古くなればなくなるのが自然なのよ。

いっぽうで、家にかかわる古い文書とあれだけ真剣につきあった人が、家に愛着があるのはわたしもわかる。

本を出したいのも、わかる。

兄の妻が電話をかけてきた。

「なんとか出してあげたいと思って、私の一存で出版社に持っていったのですけれど。千二百枚の分量を三分の一かせめて半分ほどに整理できるか、聞かれました。修二にはもう無理です」

わたしが手伝えるのではないか、という気がした。きちんと書き上げた原稿だから、何編か選んで重複を省き、短くするだけならわたしにできるかもしれない、書き足すことはできないが。あと史料の考証の作業は編集者に頼めるだろう。

だが一晩考えて、できないと思った。

大阪のわたしの家の近くにある陸軍墓地のことをふと思った。戦死した兵士の墓のなかに、明治初年訓練中に死んだ兵卒の墓も混ざっていて、墓標に「於淀川渡河訓練中溺死」などとある。いま桜のきれいな大川の源八橋のあたり、そのころは橋がなくて源八渡しと呼んだ場所で、何人か溺れて死んだ。召集されて一年もたたない、まだ二等卒の階級さえももらっていないはたちか二十一歳の若い人が、こんなところでなあ、と源八橋を通るたびにわたしは思う。

同じ墓地にある将官の墓は大きくて立派だ。

はじめて陸軍墓地を知ったときから、わたしはここのことで、何かを書きたいと思っていた。だが何を書いたらいいのか、どんな形で書いたらいいのか、わからなかった。第一、自分がなぜ書きたいのかがわからなかった。

ある日、西南戦争で死んだ兵士の墓の間を歩いていて、気がついた。明治十年鹿児島県賊徒征討之役。墓標のこの文字に、わたしは兄の作品のなかで出会っている。数え二十八歳の岡田浩輔が、陸軍省参謀部付き会計官として賊徒征討之役に従軍していた。浩輔は鹿児島から郷里の弟へ手紙を書いている。「本日全く平定、官軍挙げて万歳を唱え候、生等は来月中旬には凱旋之事に可相成と存候」若い浩輔の官等は十四等と低くても月給二十五円。米一升が五銭五厘、小学校校長の月給が七円のときである。参謀部の幕営で膨大な戦費を扱う若い会計官僚の目に、鹿児島の山野に傷つき死ぬ兵卒の姿が入ることはなかっただろう、官軍の兵卒であっても、まして「賊徒」は。

浩輔の次の代、兄とわたしの祖父に当たる人は、東京遊学後晩年まで郷里に帰らず、銀行家としての経歴は植民地京城（ソウル）でもっとも華やかだった。長男である父を始め子女は東京で教育を受け、息子たちはイギリスに留学した。そのかかりは、どこまでが祖父の働きでまかなわれ、どれだけが郷里の土地の小作料だったのだろうか。みなそれぞれ東京に仕事を持ち家庭をつくり、兄二人とわたしも小学校中学校までを東京で過ごした。くにの家は葬式か法事といった儀式のときだけ行くところだった。

つまるところ、わたしは、さかのぼれば地主のあがりで育っている。さらにさかのぼれば、植民地のあがりで大きくなっている。

そして敗戦とともに家が潰れた。

これが、わたしの後ろにつながる明治初年から昭和の敗戦までの家だ。明治四年につくられ昭和二十年に閉じる真田山陸軍墓地と、近代日本の推移と、生家三代の興亡と、三つは重なる。墓地に埋まっている兵卒の累々たる死体の上に曾祖父と祖父の得意と繁栄があり、父の安楽があり、わたしの子ども時代はあった。ぼろぼろに敗れた国と家があった。だから、どうということではない。父祖のしたことに子どもは責任をとれない。

だが、自分はそういうものとして、ある。

そう気がついたとき、真田山陸軍墓地と兵の死について、わたしが何かを書くとしたらどういう立ち位置で書くかは、決まった。

そういうことがあったのを、思い出した。

だから、表側に立って兄が書いた本を、裏側にいるわたしが手伝うことは、できない。

修二さん、あの家のことはもう終わりにしようよ。雀なんか、ほっておきなさい。「クリーク」だけがんばって書き直そう。わたしは声に出さずに兄に向かって大阪から言う。

まだ死んではだめよ。

前にはときどき、電話でたがいに言うことがあった。

「まだ死んではだめよ」

「あなたもね」

いまは、言えない。


一年後。

東京へ着いたとき兄は病院から葬儀場に移っていた。地下へ下りると、霊安室の空気が汗に濡れた体をたちまち冷やした。兄は口をわずか開けて、木の箱のなかに入っていた。

どんどん涙が出てきた。先月お見舞いに来たとき帰るんじゃなかった、ずっと横に座っているんだった、こわいって言ったのよ、死にかけてる人がこわいって言ったのに、わたしはまだまだ時間はあると思ってた、また来るねなんて言って大阪へ帰ってしまった、ばかだった。言うはずのことはもっとほかにあるような気がしたが、よくわからなかった。大阪からいっしょに来た息子は壁際の椅子に座って、わたしが泣きおわるまで待っていた。もういいかな。うん、もういいよ。じゃ行きますか。わたしが箱のふちに触ってさよなら修ちゃんと言うと、息子が同じようにしてさよなら修二伯父さんと言った。

次の朝、ひとりでホテルを出てまた葬儀場に行った。「失礼ですが喪主様でいらっしゃいますか」と聞かれたのに「いいえ、妹です」と答えると、黒いスーツを着た係りの人は礼儀正しくほほえんでエレベーターのボタンを押してくれた。

兄は前日着ていた浴衣から、白い衣裳に着替えさせてもらっていた。お化粧もしてもらっていた。口を閉じ、すました顔をしていた。兄がよくする表情に見えた。

あなたのことだいすきだった、わたしは声に出さないで言った。

部屋の四隅から冷気がひたひた滲みわたってくる。機械音が低くぶーんと言っている。これでほんとにさよなら。今夜も明日もお客さんが大勢だから、今さよならしておくわね。廊下へ出ると、さっきの人がエレベーターの前にきちんと立っていた。ずいぶん長い時間部屋に入っていたらしいことにわたしは気づいた。

通夜の式が終わってふるまいの席につく、あいだに中途半端な時間があった。

「菊子ちゃん、あたし、わかりますか」

すっかり太ってしまったけれど六十余年前の子どもの顔を残している従妹だった。

「わかるわよ、わかるわよ、啓ちゃん」

実家を出て関西に住みついてから長いことになる。東京に住む父方の親戚とはつきあいがなくなっていた。啓ちゃんとも一、二度はだれかれの葬儀で会っているはずだったが、話をした記憶はない。

「あたし毎年暮れにきんとんを作るのに、くちなしを入れるのね。きまって思い出すのよ、ちず子伯母さんが菊子ちゃんのセーラー服のラインをくちなしで染めたの」

と啓ちゃんはいきなり言った。

そんなことがあった。

戦争が終わった次の年の春、わたしが女学校へ入るときのことだ。制服は衿に黄色いラインが二本入ったセーラー服だった。町は端から端まで焼けてしまって、制服を作る店などあるはずもない。母は、父の紺色の背広をほどいてセーラー服を作ることにした。下はふだんのズボンでもいいけれど、上着だけでもセーラーでなければね、と母は言った。困ったのは衿のラインだ。裁縫箱にあった白いラインですませておこうかという話になってから、思いついたのが庭のくちなしだった。

どうやって染めたのだったか。くちなしで染めたという筋道はおぼえていて、黄色いラインのセーラー服を着たおぼえもあるのに、母が染めている姿は浮かんでこない。

「実を摘んできて、乾かしたんじゃないかしら」

と啓ちゃんが言った。

「きんとんに使うくちなしは、乾燥した実を細かく砕いてティーバッグに入れてあるの、だいだい色のかさかさしたものよ。伯母さんはきっと、日向に干したか陰干しするかしておおいそぎで乾かして、煮出したんだと思う」

くにの家の前庭でだいだい色のくちなしの実をざるに拡げている母を、想像してみた。煮出したのなら、土間のかまどに大鍋をかけ、焚き口にしゃがんで薪をくべたのだろうか。そのころはたしかかまどのほかにニクロム線むきだしの電熱器を使っていた。鍋はざらざらした厚手のジュラルミン、両方とも父が国鉄駅前の闇市で買ってきたものだ。台所の板の間に電熱器を置いて、くちなしの赤黄いろい汁で白いラインが染まっていくのを、わたしと啓ちゃんが頭を突き出して見ていたのかもしれなかった。

入学したら、制服を着てきた生徒は姉のおさがりがあった二、三人だけで、みなもんぺとあり合わせのシャツかなにかだった。村から通学するわたしたち少数を除いて、ほとんどの生徒が焼け跡のバラックに仮住まいしていた。

「よく覚えているのね」

「あのおうちのことはなんでも覚えているわよ」

と啓ちゃんは言った。

「ちず子伯母さんが農家の人に何遍も頭を下げて、かぼちゃをひとつもらったのを、あたし見たの。どうしてこんなにていねいにおじぎするのかって、ふしぎな気がしたのよ。そのかぼちゃを、半分切ってあたしたちにくださったの」

くにの家に和ちゃん一家が来たのは、戦争が終わって半年ほどたったころだった。鉱山の技師だった四男の弘叔父が軍需会社を失職し、次の職を見つけて暮らしが立つまでのあいだ、妻子を郷里の長兄の家に預けたというわけだった。住む部屋と家まわりの畑はあり、とりあえず食べていけると、叔父夫婦は見きわめたのだろう。そう決めるまでの日々の叔父叔母の気持ちを、当時のわたしが思い遣ることは、当然なかった。小学校四年の啓ちゃんと、二年生と五歳の男の子、三歳の末娘を連れた春子叔母が、母屋の二階に住みこんだ。百羽すずめの襖がある客部屋だ。食事は別にした。土間をあがった板の間の端、三畳の畳敷きに、春子叔母一家は食卓を置いた。

かぼちゃの話は、思い当たらない。何かの間違いではないか。記憶では、さつまいもとかぼちゃだけはいつもあった。遠州平野の地味は豊かで、父と母と春子叔母、町から来た三人の不慣れな畑仕事でもさつまいもは太り、かぼちゃもごろごろ実った。収穫したものは家族の人数で分けた。さつまいもやじゃがいもは土間の台秤で測り、かぼちゃは一個二個と分けた。昼どきは土間のかまどで大きなせいろが湯気を立てた。ふかしたてのさつまいもを大鉢に盛って、食卓のまん中に置く。飽き飽きはしたけれど、おなかが空いた経験はない。

啓ちゃんたちきょうだいはおなかを空かしていたのだろうか。

砂糖黍も、穂をふさふさ揺らして、畑二畝ぶんの小さい林を作った。茎を十センチほど切ってもらい、村の子に習って噛むと、汁がじゅわじゅわと出てくる。甘いことは甘いが青臭くて、好きになれなかった。村の子のようにうまく噛めないし、噛んだあとの皮が汚らしいのもいやだった。母と春子叔母が村の農家から借りてきた絞り器で茎を押しつぶし、溜まった汁を竈で時間をかけて煮詰めた。土間じゅうが甘ったるい匂いで満ち、子どもたちはどろどろする黒いかたまりを皿に載せてもらう。

わたしは、東京に住んでいたころ身近にあったお菓子のあれやこれやを包み紙の模様まで覚えていたが、二階の小さい子どもたちはどうだったか。きっと記憶もなかっただろう。

何の加減か、とつぜん進駐軍の払い下げ食料が村にやってきた。緑色の缶詰の野戦食料らしいものは缶を開けるまで中味がわからないが、派手な印刷の包みや紙箱はキャンディやビスケットにまちがいない。全部いっしょくたにどさっと放りこまれた大きな箱が、隣保長をしていたうちに届けられ、各戸に分配するまで保管された。どう分けたらいいのか村で処置に困ったのかもしれない。箱は数日、表座敷に置かれていた。

夜、父と母が押し殺した声で言い合うのを聞いた。二階の子どもたちが座敷に入って箱を開けた、中から持ち出した。母親のしつけが悪い、大体あの母親は。代わって母の声が、欲しいのは当たりまえでしょう、置く方が悪いのです、と小さい声で、しかしはっきり言った。

——啓ちゃんは箱のことは言わなかった。わたしの思い違いかもしれなかった。

梅雨のころ、二階の子どもが腹を下した。どうやらひとりではないらしく、春子叔母が便器を抱えて階段を上り下りし、夜っぴて便所へ通った。

隣村から医者が来た。子どもたちが一人ずつ抱えおろされ、離れの部屋に運ばれた。渡り廊下の戸が閉められ、開けてはならないと父が兄たちとわたしに言った。

わたしは二階のガラス窓の端から庭越しに離れの部屋が見えることを発見した。春子叔母の白い割烹着が縁側をばたばた走る。深い庇に遮られて部屋のなかの様子はわからないが、ずっと見張っていると、障子が開け閉めされるとき布団がちらと見えた。

夜になってから、医者が看護婦を従えてまた来て、裏口から庭を通り、じかに縁側から上がった。看護婦は離れに泊まり込んだ。

クレゾールのにおいがした。

東京から弘叔父が来て挨拶もそこそこに離れに入っていった。

朝早く、村の男の人が何人も庭にやってきた。ガラス戸を開けはなし、縁側に担架を置いた。中から障子が開き、弘叔父が布団包みを抱いて出てきた。村の人が受けとって、包みごと担架に横たえた。村の人は担架の前と後ろを持ちあげ、庭の木戸から出ていった。

弘叔父がまた布団を抱いて出てきた。担架が四つ出ていくまで、わたしは二階の窓に張りついて見ていた。

そこから先は見ていない。想像で補うとすれば、こうなる。——坪庭の木戸を開けて裏庭へ出た担架は、西北の隅の地の神の祠の前から楠の下を通り、鶏小屋と薪小屋、味噌部屋、物置の前を過ぎ井戸の横を抜けて裏口から外へ出る。先祖の墓所の生け垣を回って、地道が秋葉街道に続く。東と西にいちめん青い田んぼが広がる、北へ向かうまっすぐの道だ。四つの担架が進む。弘叔父と春子叔母が担架の脇を小走りにあと先して顔をのぞいたり手をにぎったりする。少し先に、木造の建物が二棟、田んぼを四角く区切り槙の垣根を巡らして、きっちり門扉を閉めている。垣の内側は建物に覆いかぶさって松が茂り、ひとつの孤絶した島だ。避病院—隔離病舎。この朝扉が開いて、啓ちゃんと信ちゃんと英ちゃんと共ちゃんを乗せた担架が入っていった。

想像はそこまでだった。避病院のなかは、思って見ることもできなかった。わたしは村へ来たてのころ、国民学校の行き帰りに街道を歩いて避病院の横まで来ると、使われていないとわかっているのに息を止めて急いで歩いたものだ。村の子がそうするのに倣ったのだった。門扉が開いているのを見たことはなかった。羽目板も閉め切った雨戸もくろぐろとして、松の茂みで鳥が騒ぐ。

けっきょく、始めから終わりまで何日のことだったのか。啓ちゃんと信ちゃんと共ちゃんが帰ってきて、五歳の英ちゃんが避病院のなかで亡くなった。

村に噂が走っていた。朝、いつものようにわたしが隣の農家に鍋を持って牛の乳をもらいに行くと、前庭で喋っていた主の保蔵さんと近くの茂平さんが口をつぐむ。女学校の帰りわたしの自転車が近づくと、畑道で立ち話をしていたお晴さんとお兼さんがぎごちなくお愛想笑いを向ける。

噂のなかみは隠してもわかる。わかるように隠している。

――裏庭の梅を食ったただってよ。

――青梅が毒だって東京の子は知らんだか。

――地面に落ちた黄色いのをひらって食ったたって聞いただに。

――わしらとこの百姓の子だって落ちたもんなんか食わんだ。

――酒屋の子はそんなに腹を空かしとっただか。

――酒屋がのう、落ちたもんだのう。

――避病院行きを出しちゃあ体面が悪いだで、だんなさんはこっそり離れに寝かしていただな。

――隠しおおせなんだってことよ。

梅を食べたか、わたしは子どもたちから聞いていない。もとより春子叔母も言わない。二階の一家は食べるものがなかったのだろうか。

青い梅や黄色く熟した梅を食べたら赤痢になるのか、それもわからなかった。

葉っぱの間に、青いまんまるの実がつやつや産毛を光らせて生っている。始めて見た町の子が、食べたいと思ってもおかしくない。そんなに高い木ではない。二年生の男の子が枝を棒で叩いて実を落とそうと思うのは自然かもしれない。町の家と違ってこの田舎の家には、手頃な棒きれなんかそこらじゅうに転がっていた。三歳の子なら、黄色い実を拾って口に入れることもあるだろう。

ほんとうのところは分からなかった。

父が隠すつもりだったというのは、そうかもしれない。

村の人の心情の方は、どうだっただろうか。

家は、先々代よりもっと昔、造り酒屋をやっていた。広い裏庭や天井の高い物置は作業場の名残だそうだが、明治の初めにはもう廃業していたと聞いている。とっくに実体をなくしたのに、酒屋という村での通称は残っていた。

呼び名は変わらないが中身はおおいに変わったと、村の人びとは実感していたに違いなかった。

――世の中が変わって、酒屋の田畑は全部俺らのもんになった。だんなさんは今じゃただの失業者よ。家族の人数分食べるだけの田畑は残されたが、奥さんが危なっかしい手つきで、まあ芋くらいは作れるだろうがな。百姓なら俺らのほうが上よ。それに土地を取られたは酒屋ばかりじゃねえ、日本中の地主が同じだ、この村のまわりだってだんな衆はそれぞれ仕事を持って働いてるだ、だいたい地主いうもんは職業けえ。

啓ちゃんは通夜の飲み食いの話をした。

「まあどこから出てきたのか食べものが出てきて、村じゅうの人がお座敷いっぱいになって、おそくまでお酒を飲んで騒いで。二階の部屋で母がずっと泣いていたの、英ちゃんが死んだのにあの人たちはって。母は何年たってもあのときのことを言ったわ」

わたしも覚えている。英ちゃんの通夜の夜、座敷の襖を外して三間をぬいたところに、村じゅうの男が座って飲んで食べた。村じゅうの女が土間の竈まわりで煮炊きをし、酒や料理を座敷に運び、ついでに自分らの家に運び、自分らも土間で飲んで食べた。

啓ちゃんは、気を取り直した。

「ごめんなさい。へんなことを言いました。居候なのにお座敷で立派なお葬式を出していただいたって、母は康雄伯父さんに感謝していました」

義姉の挨拶が始まろうとしていた。わたしは啓ちゃんと別れて義姉のとなりに座った。

高円寺の葬儀場から阿佐ヶ谷のホテルに戻る。阿佐ヶ谷駅前の商店街が七夕まつりをやっている。プラスチックの飾りが夜の中をびらびら舞っている。兄修二の住まいは荻窪で、亡くなったのは中野の病院で、兄とわたしがくにへ移る前の子ども時代をいっしょに過ごしたのも中野、どれも中央線の隣りあう駅で、今わたしがいる場所のすぐ近くにある。だがぜんぶ知らない町だ。知らない人が夜なのにおおぜい歩いている。

部屋へ入る。すぐ部屋中の電気をつける。テレビをつけるとオリンピックの開会式をやっている。北京の夜を赤や黄色のびらびらが舞っている。さっき通った駅前の七夕に似ている。つけっぱなしでバスルームに入り、シャワーをいっぱいにひねる。

何も考えない、考えない、考えない。

兄が出てきて、きゅっと胸が詰まるが、とりあえず今は兄を追い払う。なんとかうまくいく。

啓ちゃんの話を考えないのは、失敗する。睡眠薬が効いてこない。

英ちゃんが夏の初めに亡くなって、秋、はじめて田んぼで稲が実った。村の人に手伝ってもらって、それでも米ができたのだった。

稲こき機を裏庭に据えて、足で踏んで穂から籾をこくのを、わたしは二階の子ども三人といっしょに見た。

作業が終わり、日が暮れた。母と春子叔母が土間と井戸端を往き来してそれぞれの家族の夕食の支度をする。わたしは茶の間の食卓に箸を並べていた。風呂から上がった父が、いつもの自分の場所に座って新聞を拡げていた。

春子叔母が竈の奥の暗がりから出てきた。上がり框を隔てて茶の間の電気が届く土間の正面に立った。

「康雄お兄さま」

春子叔母は食卓に座っている父にきっちり向き合って、言った。

「お米を分けていただくとき、英夫の分もいただけませんでしょうか。田植えのときは英夫はおりましたから」

父がたちどころに返した。

「それがほんとの幽霊人口だ」

叔母はしばらくそのまま立っていた。そのあと少し頭を下げて暗がりへ消えた。

わたしは箸を持った手が動かなくなった。父の顔は見なかった。

母はそのときどこにいたのだろうか。土間のどこかにいて、話を聞いていたはずだった。だが母は出てこなかった。

幽霊人口という言葉は、わたしも新聞で見て知っていた。主食の配給を少しでも多くもらおうと、親戚の誰だれが同居していると虚偽の申告をしたり、架空の名前を登録したりして、家族の数を増やす。そういう言葉だった。

何か月か後、二階の一家は東京へ戻っていった。弘叔父が仕事を見つけたのかどうか、春子叔母がもうここにはいられないと言ったのかも知れない。

弘叔父が末娘を抱き、春子叔母が白い布包みを胸のところに持って、子どもも揃って頭を下げ、出ていった。

別の親戚からの話では、一家は空襲を免れた家を人に貸して、自分たちは庭に小屋を建てて住んでいるということだった。春子叔母が遺骨をくにの墓所に納めるのを承知せず、手元に置いているという話も伝わってきた。小屋のひと隅に、ふとんやランドセルと並べて白い包みがある様子を、わたしは想像した。

火葬場は町のまん中にあった。塀のすぐ向こうにマンションの窓が並んでいる。窓はみなカーテンを閉じている。

扉を開けて棺が入る。ぼん、と着火の音を聞く。

エスカレーターで三階までのぼる。厚いカーペットが足音を消す。

わたしは人のあいだに啓ちゃんを探し、目で合図して呼んだ。

「きのうの続きを話そう」

とわたしは言った。

「ごめんなさい、きのうは。もういいのよ」

と啓ちゃんは言った。

「父も母ももういないし、信と共子は小さかったからよく覚えていないらしいし。あたしが死ねば英夫のことはなかったことになるわ。それでいいのよ」

「よくないわ」

とわたしは言った。

「啓ちゃん、もしかしてあの本を読んで、英ちゃんのことを考えたのじゃない」

やはりそうだった。

「二人で向こうで話そう」

わたしはまわりの人にちょっと頭を下げ、啓ちゃんの肩を押して休憩室を出た。ロビーは広くてだれもいない。大きな植木鉢の横に座ると、休憩室の人びとも見えなくなり、ふたりだけの空間になった。

あの本というのは、兄修二が亡くなる直前に出版した本のことだ。

千二百枚の原稿を大幅に減らさなければ本はできない。義姉に言われたとき、一度は断ったが、わたしは結局手伝った。

作業は難航した。わかってはいたものの、自分とは違う兄のあり方と原稿の上で向き合うことになった。

以前から兄は発表の都度、掲載誌をわたしに送ってくれていたが、気がつけば何年も前からもらっていない。未発表の章にわたしは初めて目を通した。たぶん直近の数年、入退院をくりかえすようになってから書いたものだと思われた。

その分は、主に父康雄の時代、戦後の家を書いていた。先代先々代もっと前の代々が至上の価値として営営と増やしてきた田畑を、父は自分の代になっていっきょに農地改革で失った。さらに、母屋と長屋門と土蔵を手放した。ご神木ということになっていた大楠を、樟脳の業者に売り払った。これには仲介する人の詐欺にあって訴訟沙汰になったというおまけがつき、地方新聞が先祖の祟りだとゴシップを仕立てあげた。兄は逼塞した時代のことがらのおおよその輪郭は書いていたが、書かなければ物語の筋道が整わないので一応書きました、という感じがした。そのときどきの父の表情は文章の表面に現れていなかった。

まして母ちず子は名前が出てきただけだった。

わたしの知っている母のあらましは、こうだ。袴を短めにはいてストッキングに黒い革靴、大きなリボンを結んだ大正時代の京都の女学生。ピアノが上手だった。卒業と同時に親の意向で嫁ぎ、気むずかしい舅と姑につかえた。夫の弟妹はみなできがよく、何かにつけて比べられては嫁が叱られた。戦後、無収入になったが夫は働く気がない。

そういう立場にいる母のことに、原稿は触れていなかった。

窮乏のなかで母が亡くなり、二十数年のひとり暮らしののちに、父が孤独死した。

それももちろん書いていなかった。

そして、明治時代の一家のできごとが家に留まらず時代や国をよく表現していたのに対して、戦後の項は、物語がうすっぺらだった。落ちぶれた家の愚痴を言っているだけのようだった。

修ちゃん、こういうあなたは好きじゃない、とわたしは声に出して言った。わかった、だからわたしに、この分の原稿は見せなかったのね。

兄自身の戦中戦後についても、原稿はあっさり走っている。中学二年の兄は勤労動員で工場へ行き、戦闘機のエンジン部品を作った。工場から自転車で帰る途中爆撃にもあう。同級生が空襲でやられたと聞いて訪ねて行くと、真っ黒いぼろ切れのようなものがトタン板の上にひとかたまり載っていた。だが村に帰ると、清吉が蚊に食われながら西瓜番をし、子どもたちが鰻釣りのみみずをさがして畑をほじくり返し、ハツ婆さんがお地蔵様の日の甘酒を配っている。兄はどちらが実像かわからなくなる。終戦の日が過ぎ、アメリカ軍が進駐してくる。

それはないでしょう、とわたしは言う。それは事実と違うよ。戦争中、西瓜畑は芋畑になっていた。割り当てられた芋の供出量を確保するのに農家は必死だった。お地蔵様の日なんかやめになっていた。あなたが帰る道で空襲に遭ったのではないかと、お母さんがどれほどおろおろしたか。終戦のラジオを聞いて、軍国少年のあなたがどんなに憤激したか。そういうだいじなことを、あなたは全部とばしている。どうしてなの、修ちゃん。

原稿は次に村の夏祭について、前項とはうってかわって詳しく書いていた。花火の金額が一晩にいくら、その費用のかなりの部分は村の旦那衆がまかなった。山車を出す費用や若者組の酒手も、もった。旦那衆は神社の脇に櫓を組んで花火を見物し、屋敷から重箱に詰めた煮しめや酢のものが運ばれてくる。その頃ごちそうと言えば鰹の刺身に決まっていた。十六、七キロ離れた海から運んでくる鰹はしばしば傷んでいて、祭りの翌日はあちこちで蕁麻疹患者が出た。白い猫が蕁麻疹で桃色に染まってふうふう唸っているのを見たことがある。

読んで、わたしはそれこそ唸った。ピンクになったのはまがうかたなきわたしの猫、玉なのである。玉はわたしが女学校へ入ったころうちへ来た。戦後生まれの牡猫である。玉の名誉にかけて言わなければならない。そのころ地主の旦那がいたか。櫓を組んだか。じょーだんじゃないわよ。そのときお母さんは田んぼをはいずり回っていたわよ。敗戦の翌年、村人は早くも祭を復活させたが、花火なんかあるはずもない。玉が中《あた》ったのは祭の鰹ではない、ふだんの日に自転車でまわってくる魚屋から買った鯖だ。玉は傷みかけた鯖を食べて蕁麻疹になった。かゆくてうちじゅう走りまわり、外に飛び出して草を食べて吐き、それでも治らず、台所の板の間にぺたんと腹をつけて、上目遣いにわたしを睨んだ。どうしてくれる、と言っていた。体じゅうの白い毛を逆立て、火照る地肌が透けてピンク色の猫になっていた。

百歩譲って文章の構成上、玉を戦前に持っていってもよろしい。だが進駐軍が来た、として、次の行に書いてあれば、読んだ人はどうしたって戦後の話と思うではないか。もちろんよく読めば、戦前のことだとわかる、だがさっと読んだ印象では、村は戦後も変わらぬ暮らしをしていたと思ってしまう。そして兄の書くものは、歴史やノンフィクションがきちんと論理を保ちつつおもしろく語られるところに特徴があった。おもしろさは、ときに誤読を招く危険あるいは正確さを脱する危険とすれすれかもしれなかった。この章は、兄が故意にあいまいに書いているような気もした。

年をとって病気を抱えた兄は、村が昔の秩序のままにあるという錯覚に浸りたかったのだろうか。

明晰な歴史認識をもち、感傷とは無縁の性格のはずだったのに。家についても、兄は姿勢を変えていた。

前にはなかったプロローグを加え、少年時代の自分にとって、「おくに」の家がいかに憧れの対象だったかを綴っていた。さらに、戦後の窮乏状況をさっと走った後にエピローグをつけ、家に繋がる現在のだれかれの業績を二ページにわたって書きだしていた。

なんだ、これは。

わたしは担当の編集者にメールを出した。

「あることを作者が書かないとは、意図して書かないということでしょう。戦後の、家が窮乏した時代の父と母を書いていないことは、ですから、それはそれでいいと思います。ですが、作者自身の戦争体験に少しだけ触れておきながら、このように表現すると、戦争を知らない世代の読者ならあの戦争はこの程度のものだったのか、たいしたことはなかったのだ、と思うでしょう。あるいは戦争があったと思わないかも知れません。若い人にそう読まれることを私は恐れます。また、戦争を知っている世代の読者なら、この内容を肯定するとは思えません」

編集者から返事があった。

「編集上の都合で作者の許可を得て原稿の長さを削ることはありえますが、順番を入れ替えたり新しく文章を足すことはできません。また終章全体を削除することは、作品構成上、妥当ではないと思われます。ご理解ください。エピローグについては、編集者としても、ご許可があれば削除の方向でまいりたいと思います」

わたしが頼まれたのは原稿を短くすることで、作者が書いた内容に意見することではない。もとより承知していたが、読んでしまった以上は黙って通すわけにいかなかった。わたしはがんばった。編集者から、編集部で検討しますのでしばらく保留にしてください、と言ってきた。

その後経緯はわからなかったが、本ができたとき文章は整理されて、旦那の花火見物は戦前のことと一応は読めるようになっていた。

直されたあとも、わたしにはこの終章は違和感があった。気持ちに残渣がたまっていった。

残渣は啓ちゃんにもたまったのだった。

「英ちゃんが亡くなってすぐ、お祭があって」

と啓ちゃんが言った。

「修二お兄さんがあたしと信を連れて行ってくれたの。夜店で信にブリキのタンバリンを買ってくれたわ。あたしには色鉛筆を」

その年の侘しい夏祭をわたしも覚えている。台につまらないものをちょろっと並べ、桶にラムネを突っ込んであった。花火も山車もなかった。それでも、村の人たちが祭を復活したのだった。この神社から、何度も、村の青年を旗を振って送り出した。ついこの間のことだ。戦争は終わったのだ。おとなも子どもも、村中の人が、見るほどのものは何もない夜のお宮の境内をぞろぞろ歩いた。そういう記憶がある。

啓ちゃんは遠慮がちに、おうちもお祭もさびれたときのことは本には書いてないわ、櫓やご馳走ってずっと昔のことよね、と言った。

「ちず子伯母さんのことも書いてないのね」

「井戸端で泣いてた、なんて書いてなかったね」

とわたしはちょっと笑った。

「比べることじゃないけれど、でも母より春子叔母さんのほうがもっとひどかった。どん底だったよね」

話が少し途切れた。

「あの」

啓ちゃんがためらってから言った。

「英ちゃんが書いてないのはしかたないけれど、有一お兄さんもないのね」

「あれはあきらかに不自然ね」

とわたしも言った。

「長男だものね」

「あのおうちにいたとき、有一お兄さんがよく遊んでくださった。英ちゃんが亡くなったあとやさしくしてくれたわ」

長兄有一はそのころ旧制の中学生で、学校へ行ったり行かなかったり、そのあとちょっとした暴力、酒、ばくち、借金。家庭をもっていっとき順調だったが仕事に失敗し女のひととややこしいことになって自殺した。うまくいっているときは、じつにやさしい人だった。

家といい、何代目とかいう以上は、長男の存在を省略するのはへんな話だ。父より早く死んだので家を継いだわけではないから、父を十四代とすると長兄をとばして次兄が十五代であることはまちがいない。だが名前も出てこないというのは。

「有ちゃんも、母も春子叔母さんも英ちゃんも、あの本には入れてもらえないわ。わたしもあのなかにいない。あの本は勝った男の歴史だから」

啓ちゃんはうなずいた。

「でも、それで、英ちゃんがいなかったことにはならないわ、英ちゃんという子はたしかにいたのよ、あの本と別にもうひとつ歴史があるのよ」

ロビーにだまって時間が流れた。

いま、この建物の一階で兄の体を入れた棺を火が焼いているとわたしは思った。

本ができて試し刷りが送られてきたとき、兄は本を手に持ってページを開くことはできたが読むことはできなかった、ひとすじ涙を流したと、義姉から聞いた。わたしが原稿を大幅に削除したことを兄は知っていたはずだが、いいともわるいとも言わなかった。内容の一部に文句をつけたことは知らなかった。

本は兄の胸の上に乗って、いった。

父の口から、十四代などといちども聞いたことはない。口に出さなかったのではない、そんなものは父から消えていただろう。わたしが父のやりかたに賛成するとかしないとかでなく、事実として、父の時代にそんなものはかけらもなかった。というよりも、わたしはそんなものがかつてあったと思いつくことさえなく、今まで生きてきた。そんな余裕は、なかった。

長兄有一が生きていれば言っただろう。そんなもの屁の突っ張りにもならねえ。

啓ちゃんにしてもがんばって子ども二人を育ててきた。数学の先生をして定年まで働いてきた。夫も高校の教員で、地質学の人なの。うちに、いろんな色の石の標本がごろごろしてるのよ。

「村の人のことだけれど」

とわたしは言った。

「英ちゃんのお通夜で村の人がさわいだのは、春子叔母さんにはわるいけれど、しかたがなかったと思うよ。〈となりの葬式は赤飯〉だから」

「となりの葬式は赤飯」

啓ちゃんはつぶやいた。

酒屋は長年にわたり村の人の特別の〈となり〉だった。かくべつあこぎな地主であったのではないにしろ、数世代にわたるそうした関係だったのはまちがいない。通夜の夜の〈赤飯〉はさぞうまかっただろう。四百年のつけを五歳の英ちゃんが払わされたのかもしれない、と思ったが、言わなかった。

年月を経て父の代に、うちが貧乏の底に落ちたのは、しごく当然のことと思えた。

それにしても、あの夜の魚や酒はどこから出てきたのだろうか。

「あたし、百羽すずめがこわかった」

と啓ちゃんがぽつんと言った。

知らせが来た。休憩室から人びとが出てきて、エスカレーターを下りはじめた。


大阪に帰ってふたたび日常がはじまった。

ほとんど毎晩、夢に兄修二が出てきた。ふたりでえんえんと歩く。草を分けたり洞窟だったり、目が覚めるとへとへとに疲れている。

昼、皿を洗っていてとつぜん会いたいと思う。地下鉄のホームに立っていてふいに胸にかたまりが詰まる。

あの人が死んでしまったのだから、わたしのこの状態は当分しようがないな、と思う。

義姉から、大きな封筒が届いた。

兄の字でわたし宛の住所が書いてある。

大阪市の市の字を間違えて二度書き直している。

涙がじわじわ出てきた。

義姉の手紙が入っていた。――部屋を整理していて出てきました。半年ほど前しばらく退院していたときのものと思います。中身はそのまま、封をしてお送りします。

一枚目に「戦場の詩人たち」と表題があり、Ａ４で五十枚ほどの原稿だった。四章あるうち半分は書きかけだった。

書き直すと言っていた「クリークの野糞」の章は枚数が多くなり、戦線の状況が詳しくなっていた。火野葦平が登場し、日中戦争戦記として興味を惹く内容にふくらんでいた。

終わり方は前のエッセイと変わっていなかった。こちら側で死んだ人のことを書いて終わっていた。

昔日の作品「戦場からの手紙」で、南京虐殺に至った考察を故郷への兵士の手紙から拡げていった人とは、べつの作者のようだった。

わたしは次に硫黄島の章を読みはじめ、途中で原稿を伏せた。

陸軍少尉藤井春洋が養父折口信夫にあてた歌稿、海軍少将市丸利之助が家族に送った短歌、それに山口誓子が療養先の伊勢で硫黄島玉砕の大本営発表を聞いて詠んだ句など。東大在学中、学徒動員で硫黄島へ派遣された父の従弟の手紙もあった。

ここにいる兄は、若いとき軍事郵便の山のなかから、「テエポオかたげるより一日も早く帰へて肥もちボオがかたげたい」というはがきを拾い出して、一字一字書き写した兄とは、違う人だった。

これはないだろう、修ちゃん。

日が経っても、わたしは夢で兄と、えんえん歩きまわった。ともに老いつつあるとき、もっと話をしておくのだった。それぞれ生活に忙しいときはそれほど話はしなかった。話はたくさんしたが、たがいの違う部分には暗黙の了解でふれなかった。老いたからこそ話せることがあったのに。

もうとりかえしがつかない、と思う。

*

詩人の死――『詩集　八十六歳の戦争論』を置いていった井上俊夫

二〇〇八年十月末の天気のいい日、郵便受けに厚紙の封筒が入っていた。宛名の書体になじみがあり、はっとした。裏に返すと、著者代送　かもがわ出版と判が押してある。井上さんの本が出たのだ。

『詩集　八十六歳の戦争論』　井上俊夫

朱色で書名が書かれたカバーをめくると、兵士の絵があった。兵士は銃を構えて小高い盛り土に立つ。畑と民家の屋根の上、セピア色をしたいちめんの星空に文字が白抜きで浮かぶ。

お前は誰の許しを得て日本軍兵士となったのか

ハイ、大日本帝国の許しを得てなりました。
お前は誰の許しを得て日中戦争に従軍したのか
ハイ、大日本帝国の許しを得て従軍しました。
――
お前はいま頃誰の許しを得て戦争のことを思い出しているのか
ハイ、誰の許しもなしに思い出しております。

本を開くと出版社の添え状がはさんであった。

――井上さんは、「今考えている本はあくまで書かねばならぬ」と病をおして執筆されてきました。しかし、最後の校正を終え、本の謹呈先のリストをシールに印刷して出版社に渡したあと、十月十六日、ついに力尽き、本の完成を見ることなくお亡くなりになりました。生前のご依頼により、本日、できあがったばかりの本をお送りします。

井上さんは、ホームページ「浪速の詩人工房」にたくさんの作品を掲載していたが、主宰するメーリングリスト「窮鼠村」でも新しい詩を次々発表した。窮鼠村のメンバーは主に朝日カルチャーセンター中之島の井上エッセイ教室の受講者三十人ほどで、ちょうどパソコンを始めたわたしも入れてもらっていた。

「今年、二〇〇八年中に詩集を出す計画をしています。現在二十数編の作品がありますが、あと二十編は書くつもりです。すべて窮鼠村に発表しますので、批評してください。その上で加筆訂正していきます」という井上さんの言葉に続き、一月から二月にかけて、毎日一編、二日に一編と窮鼠村に詩が送られてきた。

「俺たちは若い兵士だったので」

「弾の下をくぐるということ」

「靖国」

「日の丸の旗」

「青い麦畑」

「三八式歩兵銃」

「おめでたき若い現役兵」

「揚子江の水を飲む」……

窮鼠村のメンバーは一篇ごとにそれぞれ、軍隊の経験がないのでわかりにくいとか、ここはもっと詳しく読みたいとか、送信した。わたしも、詩の批評になっていないなと思いながら、書いた。「日の丸の旗」のときは、詩を離れて、自分は日の丸をこう思う、いやそれは違うだろうと、メールが飛び交った。

少し前に井上さんは窮鼠村に書いていた。

――歴史学者や研究者がものした戦争関連の書籍群を見ていると、もうなにもかも書き尽くされている。もはや自分にはなにも書くものがないと言う考えに私は突き落とされてしまいます。どこまで独自性が出せるか、自信がない。それにもかかわらず自分にまだ書くことがあるのかという問題を、怖いもの知らずに書きながら模索していく、そうするよりほかにやりかたはないのでしょうか。

それでもなお書かねばならぬと思い、時間がないと思い、書ける最後の日まで書いて、逝った。

葬儀でお別れをしたとき、井上さんの顔の傍らに、六年前に出版された『八十歳の戦争論』があった。『八十六歳の戦争論』が間に合っていたら、こちらが置かれたのだろうか。

「私が戦争の詩を書いているのは」と題した詩から、一部分を抜き出してみる。

私が戦争の詩を書いているのは
誰かに私の詩を
読んで欲しいからじゃないんだ。

私は誰よりも私自身のために
戦争の詩を書いているんだ
六十有余年もの昔
二十歳のうら若さで
天皇の軍隊の制服に身をかため
手に三八式歩兵銃をひっさげ
腰に銃剣をぶらさげて
野牛のように中国大陸に乗り込んでいった
一人の無名兵士に問いかけるために
私は詩を書いているんだ。

井上俊夫よ
お前は中国のどことどこの村を
砲車と馬と軍靴で砂塵をまきあげながら
通りすぎていったのか。
お前の眼は中国の村で
いったいなにを見たのか
お前の耳は中国の村で
どんな音を聞いたのか
お前の鼻は中国の村で
なんの臭いを嗅いだのか。

そしてお前の両手は
中国の村でいったいなにをしでかしたんだ。

はじめて井上さんに会ったのは、九〇年代の終わり、朝日カルチャー中之島の井上エッセイ教室で、わたしは六十歳代半ばだった。

午前十時、井上さんが少し腰を曲げて入ってくる。骨太の体躯の重みを腰が支えかねてきしんでいる、というふうだ。椅子を引き寄せ、気をつけて腰を沈める。上半身が黒板の前に据えられる。肩幅が広く胸が厚い。

「みなさん、おはようございます」と井上さんが口を開く。河内ことばの声は教室のうしろ、わたしが座っている席まで大きいままで届く。顔の輪郭も造作も大きくて、黙っているといかめしく見えるが、よく相好を崩して笑い、怖くない。チェックのシャツに赤いベストを重ね、ツイードのジャケットを着ている。

書きたいことを書くには自由に書けて偏見なしに読んでくれる場がいる。井上エッセイ教室がわたしの場所になった。時間の都合で教室をやめた後は、居場所は窮鼠村になった。わたしは初めてのメーリングリストが面白くて、エッセイを次々書いて送信した。待つまでもなく誰彼からの感想が返ってくる。井上さんの批評も来る。日常の断片を二、三行、疑問を一行書いたのに対し、井上さんから、印刷すると三枚にもなる論述が返ってくることもあった。パソコンの扱いに手こずったときも、すぐお助け文が来た。

井上さんのパソコン好きには、前史があった。井上さんは若い日、中国湖北省の武昌で第三飛行師団の気象部隊に所属し、無線通信や暗号解読をしていた。「モールス符号を使っての無線通信や、やたらと故障が多かった発電機付き送信機のメンテナンスのことを思えば、よくできたパソコンを操ることなど、わけもない」と井上さんはエッセイの中で書いている。

井上さんの、二〇〇二年七月十日付けの連載小品「雀色時の散歩者」第三十回「燃える写真」は、エッセイというか散文詩というか。あらすじは次のようだ。

——「私」が小学生だったとき、奉安殿というものがあった。銅板葺きの屋根に千木を載せた、なんだかおっかないこの建物には「教育勅語」という巻物が入っていた。巻物といっしょに日本でいちばん偉い人の写真が入っていること、その人は神の子孫であること、自身も生きながらの神様であること、日本はその人を中心とした世界で最も優れた神の国であること、男の子はみんなその人のために戦死して靖国神社に祀られるのが最高の名誉であること。「私」が六年生になるまでに、こういうことが次々わかってくる。

やがて「私」は二十歳になったとき、その人が統率する日本軍の一兵士となり、その人から下賜された菊の御紋章入りの三八式歩兵銃を提げて、中国大陸に乗り込んで行った。復員すると奉安殿は占領軍の指示で跡形なく消えていた。その人の写真は大阪府庁へ運び込まれ「奉焼」したと噂された。全国で燃やされたその人の写真の数はいったい何千何万になるのか。

「私」はあのできごとを「燃える写真」と題してサルバドル・ダリのような画家にトロンプ・ルイユ（だまし絵）の手法で描いて欲しい気がしてならない。

この作品にも何人もから反響があった。自分が小学生だったときの奉安殿の記憶、宮城遙拝や長い校長の訓話。燃える光景を描くのはダリより靉光《あいみつ》のほうが合うでしょう、というメールもあった。

質問をまとめて、井上さんは詳しい解説をしている。奉安殿のはじまりは一八九一年（明治二十四年）、したがって最初の写真の主は明治天皇夫妻。天皇尊崇観は明治政府によって作られたもので、江戸時代の人が天皇を尊崇することはなかった。

そこから江戸時代生まれの乃木希典の殉死に及ぶ。明治の四十五年間という時間があれば乃木のような天皇崇拝者を生み出すことができた。まして昭和の戦前期を生きた日本人は明治以来の奉安殿信仰にすっかり染まっていた。ということで話が司馬遼太郎『殉死』の内容につながっていく。

詩「Kという男」を窮鼠村に書いたとき、メンバーのひとりが聞いた。

「先生は日ごろ、作品は仮名《かめい》でよいから漢字で書いた方がよいと言っています。また伏せ字を使った理由は」

井上さんの答は「小泉首相の靖国神社参拝が目下問題になっており、周知のことなので、この方がレトリックとして効果的だと思ったのです」というのだった。伏せ字については「もともと厳しい検閲があったときに生まれたもののようですが、今は検閲はありませんから、レトリックの一種として使えるわけです。その詩では天皇のことですが、あからさまに書くのが怖いから××にしたわけではありません」とあった。

続いて井上さんは旧作の「銃声が聞こえる」を引用した。

その人こそ戦争遂行の最高責任者だ
と言おうとすると
どこからともなく
銃声が聞こえる。

その人の存在そのものが錯誤であり

民主主義に反すると言おうとすると
どこからともなく
銃声が聞こえる。

広大な闇をつんざく
銃声一発。
ライフル銃の引き金を引いたのは誰?
銃を背にして
詩人の脳髄のクレバスを
するすると攀じ登ってくる
あの狙撃手は
だれ。

井上さんは書いている。
「ここでは昭和天皇と書かず、また××××ともしないで、その人という言葉を使いました。この詩は直接的には、天皇のことを書けば右翼に襲われるおそれがあることを書いています。

だがそれだけではありません。天皇のことを書いたら怖い、やめておいた方がいいという心がすぐに起きる私たちの内部にメスを入れました。

「詩人の脳髄のクレバスを／するすると攀じ登ってくる／あの狙撃手は／だれ」というのは、私たちが作品を発表する前に内部検閲してしまうことも表しています。「あの狙撃手」というのは右翼ではなく、私たちの内部にある天皇制批判を公表することへの恐れです」

この詩については、前に井上さんから聞いたことがあった。

わたしは中国の現代小説を翻訳していて、創刊したばかりの同人誌を井上さんに見てもらいたかった。井上さんを知って間もないときだった。気後れしながら差し出すと、井上さんは「ほうほう」と言って受けとってくれた。

「中国語はどこで習いはったんですか」

と井上さんが聞いた。

「手ほどきは留学生にしてもらいました」

とわたしは答えた。

「留学生にね。私は留学生に助けてもろたことがあるんですよ、そうや、ちょうど十年前になりますなあ」

井上さんは言った。

一九八九年九月、大阪中之島の公会堂で天安門事件を悼む集会「絵と詩と音楽の夕べ」があった。北京で流血事件が起きて百日になるその夜、犠牲者を追悼し民主化を願うという趣旨で、関西に住む中国人留学生などが主催した。

大岡信さんが講演し、日高てるさんが詩を朗読し、井上さんも朗読した。井上さんは主催者の中心にいた画家の黄鋭《ホワン・ルイ》氏に説かれ、中国での今回の事件には関係ない自作の詩を読むということで承諾した。

わたしは天安門事件当時の留学生たちの言動を、井上さんの言葉のなかにはっきり思いおこすことができた。

天安門事件が起こったのは、わたしたちのサークルが泉北ニュータウンの市民会館に部屋を借り、中国人留学生を五、六人先生に頼み、中国語勉強会を立ちあげて数年目だった。故国での民主化運動の高まりにつれて大阪の留学生のあいだでも盛りあがっていた熱気が、六月四日の天安門広場の惨事で絶頂に達した。

テレビニュースの画面に、靭《うつぼ》の中国領事館前で領事館の人ともみあう留学生群がうつったとき、なかに、勉強会の先生の王さんがいた。王さんは中国語で叫びながら党員証を返還しようと差し出していた。涙でぐしゃぐしゃの顔がクローズアップで写った。

大阪市内の抗議デモから直接授業に来てくれた李さんは、汗にぬれたシャツのまま、授業はなしにして、北京の友人から国際電話で伝えられてきた天安門広場の状況を話し続けたものだった。

百日忌の追悼集会は、わたしも李さんに誘ってもらっていた。時間がとれなくて行かなかったが、行っていれば、演壇に立つ井上さんを見ていたはずだった。

井上さんは「銃声が聞こえる」という詩を朗読した、と言った。

「中央公会堂みたいな大きいところで読むのははじめてやった。喫茶店でぼそぼそ読むのと勝手が違うたが我ながらうまくできてね、拍手がすごかったのよ」

と井上さんは言った。

「ええ気分でしたで」

終わったら勤務先の女子大の学生から舞台で花束をもらうことになっていた、とも言って笑った。
続けて井上さんは「戦友よ、黄金の骨壺の中で泣け」という詩を読んだ。「千鳥ケ淵戦没者墓苑」で「昭和天皇が直々にくだされた」「金ピカの骨壺」に納められている「特別に選ばれた何名分かの兵士の骨」。

俺はあまりの屈辱に耐えかねて
死んでも死にきれない。
黄金の壺の中で毎夜毎夜泣いてやる
毎夜毎夜暴れてやる
壺を叩き壊して
化けて出てきてやる。

朗読し終わったとき、会場が騒然となってきた。「殺してやる」という絶叫が聞き分けられた。
黄鋭氏がとんできて、右翼が紛れ込んでいてあなたを襲う気配を見せている、と早口に告げた。数人の中国人留学生が井上さんをがっちり取り囲んで舞台裏の弁士脱出口に導き、タクシーに乗せ、安全なところまで運んでくれた。

「大阪のまん中で中国人に守ってもろうたなんて、なんやろうね」

と井上さんは話を終わった。

「花束は」とわたしが聞くと、井上さんは「もらいそこねた。学生に気の毒しましたなあ」と言った。

窮鼠村から「銃声が聞こえる」が配信されてきたとき、わたしは井上さんの言葉遣いのひとつひとつを耳に甦らせ、わたし自身の中国人留学生たちとの日々を記憶から汲みあげた。

二〇〇四年四月にイラクで、今井紀明さん十八歳、高遠菜穂子さん三十四歳ら三人がイスラム軍事組織に拘束された。このとき窮鼠村で口火を切ったのは井上さんだった。

メンバーのメールは、わたしの手元で確認できるだけで九日から二十六日までに五十五通に達した。自己責任とする意見が半数はあり、やりとりが熱を帯びた。件名を拾うと、「三人を救出せよ！」「国家とはなに？」「小さな愚行、大きな愚行」「ＮＧＯと政府との関係」「世間というもの」など。井上さんは古い詩「突出してしまうわたし」を再掲した。

きみたちが
素知らぬ顔をしているから
突出してしまうわたし。
——
きみたちが
どうでもいいと思っているから
突出してしまうわたし。
——
突出せよ
突出せよ
一段と高く
可能な限り
高く高く突出せよ。

時代錯誤的な突出こそ
わが願い
滑稽で不気味な突出こそ
わが祈り
わが呪い
わが詩。

やりとりの中で「世間」が問題になり、話題が集中していった。井上さんは「突出」と「世間」について、阿部謹也の言葉を引用して書いてきた。

「阿部謹也は言っている。——『世間』は個人が突出することを好まない。ことなかれの体質をもっている。その中で自分の主張を貫いてゆくためには闘わなければならないのである。『世間』と闘うことによって私たちは歴史への展望をも開くことができる。多くの人が『世間』の中で安住し、歴史を『世間』の外で演じられているドラマとしか見ていないときに、自ら直接歴史と出会い、歴史を描くためにはまず『世間』と闘わなければならない。歴史は闘う者にしかその姿を現さない――と。

この言葉を今の情勢に当てはめて考えてみる。アジア・太平洋戦争の真実を探ろうとすれば、自民党保守政権や右派マスコミが流す歴史観と闘うしかない。小泉政権や日本遺族会などが流している靖国神社観があたかも世間の常識とされているが、これと闘うことにより初めて靖国神社と戦争の真実が見えてくるのである。

阿部謹也流に言えば戦争や災害で肉親を失った名もなき遺族の悲しみと無念の心情をわがものとすることによって、はじめて歴史の真実が見えてくるのである。」

――歴史は闘う者にしかその姿を現さない。わたしはこの言葉を頭に刻んだ。


二〇〇五年秋、井上さんは四方山話という見出しで、小さい話を窮鼠村へ送りはじめた。

「ＩＨクッキングヒーター」「食器洗い乾燥機の巻」は、最近台所に「導入」した「最新機器」の写真入りで、機械大好きの井上さんがなんだかだと蘊蓄を傾ける。「鶉の卵」はコーナンで見つけた、うずら卵を具合よく切るはさみ「プッチ」（五百円）の話。

井上さんは毎日納豆にうずら卵を入れて食べる。温泉卵も毎朝、奥さんのと自分のと、二個つくる。

これが温泉卵製造機です。ほんとはこんなに大袈裟な名前はついていません。
（写真　ＨＡＰＰＹ　ＫＩＴＣＨＥＮと赤い字で書いた白い入れもの）

蓋を開けるとこんな具合です。
（写真）
眼鏡のようなところに卵二個をのせて箱の中に沈めます。
（写真　卵が「眼鏡」にのる）

それから熱湯を箱の中に静かに注ぎます。
次に蓋を閉めて二十分ほどおきます。
すると温泉卵がわけなくできあがります。

こんな器具を使わなくても蓋つきの丼茶碗でも温泉卵がつくれるし
電気釜を保温にしてご飯の上に卵を一時間ほどのせておくと

簡単に温泉卵ができるという人がいますが私はまだやったことがありません。
もっぱらこの愛すべき温泉卵製造機に頼っています。

大男の井上さんが背中を少し丸め、卵をつまみ上げて「眼鏡のようなところ」へのせる。朝早い時間の板敷きの勝手もとをわたしは想像した。

井上さんが四つのエッセイ教室の講師をぜんぶ辞め、奥さんを自宅で看病しはじめて、しばらくたったころだった。

奥さんが二年めの秋に亡くなった。

直後に井上さんは鎖骨を折り、続いて肺炎にかかった。

送信が途絶えたあとで久しぶりに来たメールの件名は「ひとりになってしまって」だった。

自宅にこもる井上さんは、以後また窮鼠村にメッセージを発信し続けた。幸い右手は使えるからキーボードを打てます、と書いてあった。

二〇〇七年十二月はじめ、わたしは大阪市大の教室にいた。週に一度授業を聴きに行く、その期は「戦争と人間」という講座をとっていた。全学共通科目で、孫のような一、二回生が二百人から詰めている階段教室に、わたしは宇宙人状態で座っていた。

太平洋戦争とのかかわりから東南アジアの現在を見ていく内容の授業の途中三回、京大の若い助教が代わって、近代日本の徴兵制や軍隊社会史の話がはさまった、その最終の日だった。

授業が始まって、なんと、教壇のスクリーンにいきなり井上さんが現れた。大写しだ。わたしはわあーと声を出した。

井上さんのホームページで見おぼえのある写真だった。八月十五日の靖国神社境内、陸軍の軍服を着込んだ老人と海軍陸戦隊のラッパ手の扮装をした中年男性にはさまって井上さんがいる。カメラを持って、日よけ帽子をかぶり、暑そうな顔をしている。一九九八年に「八・一五の靖国神社探訪記」という題でホームページに公開した作品の、冒頭に掲げた写真三枚のうちの一枚だ。

助教から配られたレジュメに、わたしは忙しく目を通した。タイトルは「戦争体験を語る／位置づける」だった。「ある日中戦争従軍兵士の語り」の見出しをつけて、井上さんの詩「うわ、おう、うわおう、うわ、うららら！」全編と、長文エッセイの「初めて人を殺す」から一部分が引用してある。

「初めて人を殺す」は二〇〇二年発行の『八十歳の戦争論』のなかに収められた一編だ。

中国本土に駐屯している部隊が、初年兵教育の仕上げに、生きた人間を使って銃剣術の刺突訓練をする。炊事場で使われている中国兵捕虜リュウが楠に縛りつけられ、初年兵が順番に刺突する。井上二等兵の番が来る。

助教が朗読した。

――五体を蜂の巣のように突かれて朱に染まった軍服から内臓をはみ出していたリュウは、既に死んでしまっているのか、それともまだ息があったのか。無我夢中で銃剣を突き立てた私には、なにか豆腐のようなやわらかい物を突いたという感触しか残らなかった。

続いて助教は「うわ、おう」の詩を朗読した。なかなか上手に読んだが、わたしは五か月前の七月七日に六甲学生センターの講演会で井上さん本人の朗読を聞いている。井上さんはほんとに吠えた、老兵の感慨をこめて。

ほんものの絶叫に比べたら、三十歳くらいのハンサムな助教の「うわ、おう」が迫力に欠けるのはしかたがないことだ。

命令で異国の戦場へ引っぱり出されるのは
たいへん気が重かったという話をすると
すかさず、嘘だ嘘だと若々しい男の声が跳ね返ってくる。
――
俺たちもたった一度でいいから
日の丸の旗をはためかして殺人ツアーに出かけてみたい
うわ、おう、うわおう、うわ、うらら！
――
俺たちもたった一度でいいから
思う存分人間を殺してみたい
うわ、おう、うわおう、うわ、うららら！
――
俺たちもたった一度でいいから
異国の女を犯してみたい

うわ、おう、うわおう、うわ、うららら！
――
戦争だけはやってはならない
今度戦争が起こったら世も末だという話をすると
すかさず、よけいなお世話だと
若々しい男の声が跳ね返ってくる。
――
そもそもあんたがたに戦争に反対する資格があるのかよ
とにかく俺たちもたった一度でいいから
戦争というべらぼうに面白そうなものをやってみたい
うわ、おう、うわおう、うわ、うららら！

授業が終わってから、わたしは教壇に行って、井上さんにレジュメを送って今日の授業のことを知らせてもいいでしょうかと聞いた。
歴史学の若い研究者が井上さんの詩とエッセイを教材にとりあげて授業をしたことが、

わたしはうれしかった。授業の相手が、文学部の歴史専門課程ではない、法、経、理、工、医、生活科学と、学生一般だったことも、よかった。

井上さんはこういう普通の若い人たちにこそ、作品の内容を伝えたいはずだった。

わたしは助教からもらったレジュメに手紙を添えて、井上さんに郵便で送った。

返事が窮鼠村に来た。「山本さんから嬉しい知らせ」という晴れがましい件名がついていた。

メールの中で、井上さんはいつになく手放しで喜んでいた。わたしの手紙からいきさつをくりかえして窮鼠村のメンバーに詳しく報告し、「この若い学者と面識はないが、私の著書を読み、かつホームページを見てくれていたのだ」として、靖国神社での自分の写真も載せてあった。

「この写真の頃の私はまだ元気だった。山本さん、ありがとうございました」

こういうことを言う人ではなかった。自分について、このころの私はなどと言うのをはじめて聞いた。元気だった、などと振り返る人ではなかった。

井上さんはほんとにひとりになってしまったのだ。

だが、作品が作者の手を離れて社会へ出て行って自分で仕事をした。老いた作者にかわって働いた。

少し前、二〇〇〇年三月に、ナチスのアイヒマン裁判の記録映像を元にした映画「スペシャリスト」が上映されたときのことだ。朝日新聞「天声人語」が映画にふれて書いていた。

「服従は、個人にとって常に不本意であるとは限らない。他人の言うなりにやり過ごす日常は、一面で気楽であり、時に甘美ですらある。何も考えないですむし、いっさいの責任を逃れられるようにも思えるから。これはひとごとではない。——国旗・国歌の扱いぶりにも見るように、日本の社会でもなじみ深い風景である。」

井上さんが読んで、窮鼠村に送信してきた。

「私は「甘美ですらある」という言葉に注目しました。あの厳しくも残酷な軍隊生活・戦場生活にも、この「甘美」があるのです。

私が今アプローチしている戦争論では、ミリタリズムが若者にもたらす「甘美」「陶酔」を明らかにする必要があると考えています。ミリタリズムやファシズムにはこういうものがあるからこそ、民衆を一斉に動員し、熱狂させることができるのです。

銃剣術訓練の標的として中国兵捕虜を突き殺すように上官から命令されたとき、私をふくむ初年兵は命令に忠実に中国人を殺したのでした。

その立場、心情は、アイヒマンとよく似ていたような気がします。」

戦争を知らない若い人たちに、井上さんがいちばん伝えたいのは、このことだった。これが遺言だったのだ。

「うわ、おう」の詩は二百人の大阪市大生に伝わったはずだ。


井上さんの最初の詩集は一九五六年、三十四歳のときの『野にかかる虹』だ。大阪府寝屋川市、河内の農村で、著者は父祖の代からの田畑を耕しながら、村とそこに生きる人びとを一編一編と詩にしていった。

都市化していく今の村も書けば、むしろ旗を立て強訴におよんだ江戸時代の村人の必死の形相も描いた。

三十篇のなかに、一篇だけ、中国での体験が入った作品がある。題は「豆腐」。

あんな時は
気が立っているから

こいつを串刺しにするような
手応えしかないもんだ。
三十人からの初年兵に
順番に突かしたのだから
青い綿入れの軍服は
無論、蜂の巣さ。
農業協同組合の理事会がはてたあと
すき鍋をかこむ
酒くさい息の一人が
ぎこちない手附で
真っ赤な肉片を一枚一枚敷きならべ
その上に
中国の百姓だって好きな
豆腐をのせた。

『野にかかる虹』のあと、井上さんは地誌『淀川』詩的散文集『わが淀川』ほかを出版し長編小説「ベッドタウン」などの作品を発表している。戦場の体験にはふれていない。中国大陸での一兵士としての自分の経験を書き始めるのは、かなりの時間を経た後になる。

一九六三年、労組機関誌に「初めて喰う実」という作品を連載。後に改訂し「初めて人を殺す」に改題した。詩「豆腐」の主題が、今度は長文の散文で展開される。

「豆腐」の語り手は初年兵に命令した上官ということになる。三十人の初年兵の中にいた自分ではない。

「初めて人を殺す」では、主語は「私」に変わった。

「私」は初年兵二十三名のひとりとして夜明けに訓練の呼集をかけられる。リュウが炊事場から引っぱってこられる。「私」たちは一斉に腰の銃剣を抜き放ち、それを三八式歩兵銃の筒先に取りつける。

「ワタシ、コロス、イケナイ！　ワタシ、コロス、イケナイ！」とリュウがわめく。

列の最後尾にいる者から順番に刺突が命じられる。

「えらいことになったぞ。誰もこの場から逃げることはできないんだ。俺も人殺しをやらねばならないのだ。」

「私」は自分に言い聞かせる。

「これも俺が男らしい男になるための、試練に違いない。こんな経験を積む機会はめったにあるもんじゃない」

「私」は「順番が回ってきた時、銃剣をもって型通りの突進をした。」

井上さんは別のエッセイのなかで、一九四二年に二十歳で入隊し、すぐ中国大陸へ送られた当時の自分のことを書いている。

——輸送船や輸送列車の中で、私は見る物聞く物すべてが珍しい異国をはるばると行けることをひそかに喜んでいた。エキゾチックな美しさを持つ異国の女を抱けるかもしれないという強い期待もあった。——故郷に妻や子供を残していない気楽なひとりみの現役兵として、思う存分戦場を駆けまわってやろうといった考えかたをしていた。

輸送船上の気楽な現役兵は、中国大陸へ上陸した後、考える。

——戦場と軍隊で、内地の暮らしではめったに体験できない問題や事件にぶつかり、苦労すればするほど、自分は男らしくて立派な人間になれるんだ。

——軍隊といい戦争というものは、私が一人前の男になるための絶好の機会なのだ。

――だからどんなに苦しいこと、いやなことにも耐えていかなければならないんだ。そうすれば後できっといいことがあるはずだ。

「これが国の方針で有無を言わさずに引きずり込まれた軍隊と戦場生活を耐え抜いていくために、私が編み出した人生論であった」と井上さんは書いている。

そうした一兵士の「私」は、リュウに銃剣を突き立てた後、兵営へ帰って血糊で汚れた銃剣を拭く。大阪で別れてきた恋人が頭にうかぶ。

「私」はつぶやく。

「ナッチャン、俺もとうとう人殺しの経験を積んでしまったよ」

「私」の頭の回路は、

「こうして俺は、一人前の男になっていくんだ」と続く。

長文エッセイ「初めて人を殺す」はここで終わる。

敗戦の翌年、復員船で帰国してから後、井上さんは時間をかけて自分の考え方を作っていくことになる。

気楽な現役兵から「豆腐」へ。

「豆腐」から「初めて人を殺す」へ。

語り手の上官から主語の「私」へ。

主語の「私」に至って、「私」とはどのような私かを問う問いが始まる。

井上さんは「私」の闇を切り裂いていく。

「私」が、命令を受ければ当然のこととして捕虜の刺突さえできたのはなぜか。それが次の問いになる。

岩波現代文庫版『初めて人を殺す』の「あとがきに代えて——老いたる元日本軍兵士の独白——」で井上さんは設問し、答える。

「なぜ兵士は残虐行為が働けたのか。

兵士の背後に〈大日本帝国〉があったからだ。兵士が所属する帝国が、敵国とみなした国に侵略し、敵兵を殲滅せよと命じていたからだ。時と場合によっては、敵国の非戦闘員を殺傷しても構わないとしていたからだ。

兵士は一度残虐行為がもたらす愉楽を覚えてしまうと、もう病みつきになり何度でもやりたくなってくるのだ。殺人だけではない、略奪然り、放火然り、強姦然りである。

こういうことをいくらやっても、大日本帝国という後ろ盾がある以上、兵士はちっとも怖くないのである。罪の意識など全然感じる必要はないのである。」

「私」はこうした兵士だった。

思索の果てに、井上さんは「六十有余年ものその昔、二十歳のうら若さで、天皇の軍隊の制服に身をかため、手に三八式歩兵銃をひっさげ腰に銃剣をぶらさげて、中国大陸に乗り込んでいった一人の無名兵士に」問いかける。

「井上俊夫よ、お前は中国のどことどこの村を、砲車と馬と軍靴で砂塵をまきあげながら、通りすぎていったのか。お前は中国の村でいったいなにを見たのか。お前の耳は中国の村でどんな音を聴いたのか。お前の鼻は中国の村でなんの臭いを嗅いだのか。そしてお前の両手は、中国の村でいったいなにをしでかしたんだ。

お前は中国の村で何をしたのか。」

自分に向けてのこの問いをもって、井上さんは六十年余りを書き続けてきた。

井上さんは新聞や書評で「反戦詩人」と書かれることが多い。違いないのだが、「反戦」とひとことでくくってしまえないものをわたしは感じる。

井上さんの書くものには、どんな断片にでも切実な「私」が入っている。

『野にかかる虹』を書いた井上さんが農民詩人と呼ばれたことにも、わたしは同じことを感じる。詩集のどのページを開いてもよい。

たとえば「農奴生誕」の、一揆の群れから離れた若い夫婦の語り。

――徒党を組むより他には、百姓の生きる道がないという土壇場にまで追いつめられながら、急に村人たちを裏切ったあたしたちは、卑怯者だわ。

――血潮で染めた、はりつけ柱の数を増やすか。育てる見込みのない子を、古莚にくるんで川に流し、俺たちだけがうじ虫のように生きながらえるか。

――二つに一つ。あたしたちが生きぬくためには、むごたらしい道しか残されていない。

――俺はこの子を殺したくない。と言って、竹槍を手にとる勇気もない。一揆のあとのむごい仕置きを思えば、おのずと足がすくむのだ。

――ささやかなりとも、親子三人、安気にくらせる暮らしを持ちたい。

――俺たちはこれから、どうすればいいのだ。

――(一揆の)張本人は、あたしたちのように意気地のない百姓は、非人のむれにでも投ずるがよいとも言ったわ。

――親子三人、非人になって、庄屋の家から庄屋の家へとさまよい歩き、求める仕事の種子もつきはてた時、もう一度この森にきて首をくくろう。

『野にかかる虹』から『八十六歳の戦争論』へ。河内の村の人びとから、中国の村での自分へ。井上さんは絶えず変わりつつ、自分を書き続けることにおいて変わらなかった。

二〇〇八年十月、井上さんは亡くなった。八十六歳だった。

井上さんがパソコンのむこうにいたとき、わたしは、元気でいようと自分に言うことができた。

参考にした井上俊夫の本

『井上俊夫詩集』　編集倉橋健一　日本現代詩文庫　土曜美術社　一九八三年

『従軍慰安婦だったあなたへ』　かもがわ出版　一九九三年

『八十歳の戦争論』　かもがわ出版　二〇〇二年

『初めて人を殺す』　岩波現代文庫　二〇〇五年

『八十六歳の戦争論』　かもがわ出版　二〇〇八年

一九四五年の竹竿

その像は靖国神社遊就館一階にあった。

潜水服を着てボンベをしょった人が、円筒をつけた竹竿を両手で掲げて足を踏んばっている。

円筒は機雷らしい。竹竿はどう見ても竹竿に見えた。国の、軍の武器が竹竿、ほんとうに？

六十年前、村の国民学校の校庭で母たちが突撃訓練をさせられていたとき、かまえていたのは竹やりだった。わたしたち生徒は整列して見学していた。在郷軍人に指揮されて、婦人会の人たちがうちの裏の竹藪でちょうどよい太さの竹を鉈で伐りだし、きっさきを鋭く削るところから訓練は始まっていた。

やはりこれは竹竿だ。

五月の連休が終わる日の午後、遊就館は混んでいた。

遊就館は靖国神社の鳥居を入って右側の奥手にある。一八八二年（明治十五年）軍事博物館として開館、戦後は靖国神社が戦没軍人を顕彰する施設と位置づけて運営している。兵器はもとより戦跡で収集した遺品、遺書などの展示を通じて、この国が戦争してきたあらすじが国側からのそれとして目で見てわかる。為政者がどういう歴史観でもって国を動かしてきたかが見える。とくに太平洋戦争、館の呼び方で大東亜戦争に関する展示がくわしく、おびただしい数の兵器が並んでいる。

明治維新前から西南戦争、日清戦争、日露戦争、「満州事変」「支那事変」「大東亜戦争」と進んで出口近く。休憩室の画廊に、「殉国の英霊にこたえる」「慰霊と顕彰のために」といったことばをかかげ寄贈者の名を入れた大小の絵と並んで、像はあった。「伏龍特攻隊員像」と書かれ、「平成二年八月　海軍伏龍特攻隊有志」の字がある。

「太平洋戦争末期、連合軍の本土上陸作戦迎撃のため十六、七歳の若人を以て伏龍特攻隊が編成された。簡易潜水器、竹竿の先端の五式撃雷（通称、棒機雷）により、頭上の敵上陸用舟艇群に体当たりする苛烈な訓練を重ね、多くの殉職者を出した。今日の我国の安泰と繁栄がこれらを含む靖国神社の御祭神の尽忠奉公によってもたらされたことに想いを致し、この像を刻み、慰霊の誠を捧げるものである」

「伏龍」とは名前を聞くのもはじめてだ。

「回天」と「桜花」をさっき大展示室で見たところだった。実物の回天は黒々とゆかに横たわり、模型の桜花は攻撃機の腹の下に吊られて吹き抜けの空間にあった。回天一隻にひとり桜花一機にひとり、人が乗ったのだと思って見ていたが、一隻一機と数える船でも飛行機でもないことに気がついた。桜花は翼をもち飛行機のかたちをしているが、搭乗員が誘導して目標につっこむ爆弾だ。回天は搭乗員が操縦し敵艦に体当たりする魚雷だ。爆死することを絶対の前提として人間がひとり乗りこんだ物体を、今し方わたしは見てきた。

いま目の前にある像の、伏龍という名をつけられた特攻隊員は、乗りこむ魚雷も操縦席さえもあたえられていない。体ひとつでそこにいた。

わたしはほかの展示を見終わって外へ出かかってから、気になって引き返し、手帳に像の絵を描き、文を書き写した。

像は、若い体つきをしている。右足を一歩踏みだし、ひざを曲げて踏んばっている地面は、すると海岸近くの海底だ。竹竿を斜め前に突きだしているのは、敵の船が頭上に来るのを待ちかまえる姿勢だ。簡易潜水器というと、酸素ボンベは何時間くらいもつのだろうか。静かな海ではない。沖に停泊した敵艦から砲火がそそぎ、上陸用舟艇が大挙して押しよせるなか、怒濤の海中で生身の人間ひとり、どうやって船に接触しようというのか。竹竿で船の底を突くのか、横腹にあてるのか、竹竿を支える腕の力がそのときまでもつだろうか。さいわい接触できたとして、竿の先の小さい機雷は船一隻を爆破する力があるのだろうか。

像のつくりが簡単だからほんものらしく見えないのかと思ってみたが、そうとしても装備が雑駁すぎる。竹竿といい背中にしょった缶みたいなものといい、こんな原始的な道具を兵器とは言えないだろう。戦意高揚のためにつくった架空の装置ではないか。国家が本気で考えた戦法には、とても思えない。

潜水服を着た若い人は大まじめで竹竿を構えていた。像を寄贈した「特攻隊有志」の文を読めばやはりほんとうのことなのだ。

それなら、伏龍の名を考えた人はだれか。どういう気持ちで名をつけたのか。海底に伏す竜。海にひそむ竜。

さつき晴れの午後、遊就館は陽気ににぎやかだった。わたしは混みように驚き、二十歳代の若い男性が多いのに、さらに驚いた。兵器の好きな男性がつきあっている女の子を連れてきて解説をして聞かせているとわかった。そろって背が高く、くったくなく見えた。伏龍と呼ばれた男の子たちは、この人たちより若かった。まだ子どもだった。

わたしは疲れて遊就館の出口に向かった。ホールに泰緬《たいめん》鉄道で使われた蒸気機関車と並んで零戦が置いてある。零戦の正面の椅子にわたしは座りこんだ。

ここにも若い男女がいた。

「れい戦じゃない、ゼロ戦て読むんだよ、海軍の艦上戦闘機だ。手前にあるのが九九式機銃、零戦に積んだんだな」

「ほんものなの」

「零戦は復元だろ、機銃はほんものかな、おれ機銃ってなんか好きなんだよね」

「さっき展示室にいっぱいあったね、いろんな型の機銃」

「おれひとつ欲しいな」

売店で元気よく軍艦マーチが鳴っていた。

探してみると、伏龍のことを書いた本は何冊かあり、昭和史の写真集にも出ていた。防衛庁防衛研究所図書館提供とした潜水服の写真には、「軍極秘」の字が見える。

わたしは読みながら、まさかそんな、と何遍も声に出して言った。

一九四五年（昭和二十年）三月、横須賀防備戦隊命令で、敵上陸用舟艇を水中から攻撃する特攻兵器として簡易潜水具、潜水服研究実験が命じられた。すでに前年中に構想はあったらしく五月には実現し、横須賀の久里浜、野比、呉の情島、佐世保の川棚に約三千人の伏龍部隊が編成された。

伏龍部隊の隊員には主に予科練航空隊の少年兵があてられた。

予科練、海軍飛行予科練習生は海軍が飛行機搭乗員を養成するため十五歳から二十歳の志願者を募集したもので、採用数は開戦時から毎年激増し、一九四四、五年（昭和十九、二十年）の二年間だけでも十七万人超を採っている。

そのころ飛行機は次々撃墜されて補充できず、搭乗する飛行機のない少年兵は大量の余剰人員になっていた。彼らが、新たに開発された水際特攻の要員にまわされた。瀬口晴義『人間機雷「伏龍」特攻隊』は、はっきり、余剰人員の有効利用のために伏龍作戦を考え出したと書いている。海軍軍令部二部長黒島少将の発案と言う。

軍令部二部は兵器の開発運用にあたる部署で、作戦の神様と自負する黒島によって海軍の特攻戦法が急速にすすんだ。黒島はすでに一九四三年（昭和十八年）から、モーターボートに爆薬をのせて体当たりする案をもっていた。戦況の悪化とともに、黒島は、戦闘機による体当たりや、艇首に爆雷を装備したベニヤ板のボート、人間が操縦する魚雷などを提案し、特殊兵器の開発に熱中していく。ボートの構想は「震洋」として、魚雷は「回天」として実現した。

海軍の特攻隊員は、ほとんど、予科練出身の下士官・兵と、学徒動員の飛行予備学生である士官から編成されている。ジャーナリスト田英夫の場合でみると、大学に入学して二か月後に学徒出陣し、二十二歳の海軍少尉として震洋隊に配属され、宮崎県の赤水という漁村で十八歳の予科練出身の兵を指揮した。二人乗りの艇に乗りくむのは少年兵と予備学生で、正規の軍人である海軍兵学校出身の士官は艇に乗らない。海軍の本体は、特攻隊で消耗されない。

特攻作戦による戦死者数は統計によってちがうが、陸海軍合わせて四千人とも六千人以上ともされる。蜷川寿恵『学徒出陣―戦争と青春』によれば、そのうち陸軍で七十パーセント、海軍で八十五パーセントが学徒出身者という。

水際特攻伏龍は、そうした特殊兵器の行きつくはてに黒島が考えた産物だった。

黒島は、本土決戦を主張して、ダットサンや自転車での体当たりも考えていた。

一九四五年（昭和二十年）には、黒島は「勝敗の数は自ずから明らか」だが「我の最大の長所は特攻の無限なるに存し」ている、と書いている。無限の人員といえば民間人を意味するだろう。ダットサンはともかく自転車なら、中学生が乗る姿を思いうかべる。軍の上層部で敗戦がすでにあきらかだった時点で、なお「国家の興亡を賭し」て、中学生に自転車で敵戦車につっこませる。

当時うたわれた「一億玉砕」ということばのなかみは、こういうことだった。

一九四五年七月、わたしは国民学校六年生で、静岡県浜松市近郊の農村、長上村に住んでいた。二十九日夜半、いつもの空襲とちがう気配で飛び起きた。毎晩服を着こんだまま布団に入るせいか、蛇にまかれる夢を見てはうなされて目を覚ましたが、その夜の気持ち悪さはまた別の種類だった。いきなりずずーんという音が腹にひびいた。大人がうわさしている一トン爆弾がついに村に落ちたと思った。

大きい音は一回だけだった。遠くで、ぐわーんぐわーんと低い音が地面を這っていた。だいぶたって、もういいでしょうと母が言って防空壕を出てからも、布団のなかから遠くの方に、音は続いていた。

朝になって、村はずれの畑地にみんなが行った。わたしもついて行った。畑と田んぼが広がるあたりいちめん掘りくりかえり、穴が深くえぐれているらしかった。近寄ることはできなかった。

空襲ではない、艦砲射撃だと、だれに聞いたのだったか。遠州灘の沖に泊まっている敵の軍艦から大砲を撃ってきた。村からまっすぐ南へ九キロか十キロ行くと中田島の砂丘に行きつく。砂丘のさきに遠州灘が広がっている。遠州灘はつまり太平洋で、敵アメリカ本土まで続いている。

わたしはまだ遠州灘を見たことがなかった。

わたしの家は、前の年の春先、父が郷里の家を継ぐために東京の役所勤めを辞めて村へ移ってきた。ちょうど国民学校の学童疎開が始まった時期で、わたしの家の場合も実質、疎開だった。転校した村の学校でわたしは組で三人目の「疎開の子」だったが、わたしが来て一か月ほどで疎開児童は十人を超えた。

東京を離れる前、浜松へ行ったら夏には泳ぎに行きましょうと母が言っていたのに、気配もなかった。わたしも、いつ行くのと聞かなかった。わたしにも、出征兵士の家の田の草とりの手伝いやら蓖麻《ひま》の皮むきやら、国民学校で課せられた仕事がたくさんあった。

田の草とりは三人ずつ組んで行く。畦でわら草履を脱ぎ、もんぺの裾をまくり上げておそるおそる田んぼに足を入れる。泥が指のあいだをじゅるじゅるとひたし、甲へ脛へとはい上がってくる。たちまち蛭が張りついた。二匹、三匹、四匹。わたしは立ちすくんでどうすることもできない。いっしょに行った子が手を伸ばしてぴっと剥がしてくれた。剥がした跡から血が筋になってふくらはぎを垂れ落ちる。次の日、組じゅうの子がわたしが泣いたことを知っていた。疎開の子は蛭が怖いだって。なんで怖いだ、蛭なんかが。東京の衆はいくじなしだで、はあ、おえんだに。役に立たんだに。わたしの足が白いことまでみんなは嘲った。

蓖麻のほうは放課後残って校庭で作業した。五、六年女子の仕事だった。どこの畑から運んでくるのか、校舎のわきに積まれた茎を一本ずつ手に持ち、皮をむく。どうかして運びこまれる蓖麻の量が多い日は授業をつぶしてむいた。茎の長さは背たけくらいあり、皮までごわごわ堅かった。むき始めるとすぐ指が痛くなった。指が汁で黒く染まって、洗ってもとれなかった。むいた皮は役場の人がとりにくるが、何に使うという話だったか、繊維にして軍用の袋か何かを作ったか、生徒だけでなく先生もたぶん知らされていなかった。

茎から切りとった葉っぱは家に持って帰る。手の平のかたちをしてとげとげがある堅い葉っぱだ。ひま蚕《さん》という蚕を学校から配られて育てていた。ひま蚕は太った大きな虫で、蓖麻の葉っぱをあてがうと白い頭をうごめかし、ばりばり音をたてて食べた。ひま蚕たちはおおぜいで夢に出てきて、わたしを泣かせた。納屋に蚕棚を作ってやったのに棚におさまっていず、かってに天井から壁からいたるところをぐにゅぐにゅのたくり、やがてあちこちに大きな繭を作った。繭は数を数えて学校へ持っていき、たくさん持っていった子がほめられる。わたしの繭は決められた数に足りなかった。繭からとった糸で落下傘の布を織るという。繭を煮て糸を取るところまで家でやってきなさいと言われたらどうしよう、と思っただけで夢を見そうだったが、そこまではしなくてすんだ。

海は遊びに行くところではなく、塩を作る海水を汲みに行くところだった。塩の配給が途絶えたとき、海水を汲んできて作らまいか、という話になった。村の男の人たちが総出で、大八車に桶をいくつも載せて遠州灘へ行った。汲んできた海水を、うちの土間に三つ並んでいる大かまどで炊く。女の人たちが交代で薪をくべて煮つめ、どれだけかの長い時間のあと鉄鍋の底に汚れた灰色のどろどろが少したまった。あれはほんとうに塩だったのだろうか。塩としても村に行きわたる量ではなかった。

艦砲射撃は怖ろしかった。敵の軍艦の実物が現に遠州灘沖に泊まっている。昨日も今日も明日も、沖にいる。行ったことのない遠州灘に泊まっている軍艦を想像すると、恐怖が増殖した。空襲よりはるかに怖く思われた。なにしろ、直接、水平に大きな砲弾がとんでくるのだ。

そんなことは、もちろん、村がひどい空襲に遭っていなかったから言えるのだった。その夜の艦砲射撃でも村はほとんど無傷だった。村は射程距離をきわきわではずれていた。

次の日、うちの横の笠井街道を南から北へ、荷車と人の列がきれめなく通った。わたしは街道の四つ角に立って、眺めた。かどの石柱は、庚申さまの日にのぼりを揚げる柱だ。赤い布で作ったお猿さんが三匹のぼりの下に吊され、村の子どもがゆすってみたりする。その日、のぼりも猿もないはだかの柱の前を、大八車に布団と子どもを積み、リヤカーにおばあさんを乗せて、人びとがぞろぞろ歩いていった。

沖に泊まった敵艦から敵が上陸してくるといううわさがたった。遠州灘は日本列島を二分するちょうどまん中にあり、遠浅で、敵にとっては上陸作戦に最適の地点だ。

今晩また艦砲射撃をかけてくるずら。明日の晩もずら。そのあといよいよ上陸するっちゅうおもわくだらあ。

村の男たちはそれぞれ街道へ出てよその人の群れを眺めてから、火の見櫓の立つ広場に寄り合って、くちぐちに言った。村の子どもも、街道から広場へ、また街道へ、おとなについてまわった。わたしも隣の家の子と連れだって村うちをうろうろ歩いた。犬が人と大八車にむかって吠えた。

男たちが見たところ、逃げてきたのは海べりの下江、西島、芳川村あたりの人だった。南の芳川村から東海道線の天竜川駅で踏切を越え、篠ケ瀬、ここ下堀を通り、避病院の前をすぎて市野。市野までの道はうちの横から田んぼのなかにまっすぐ見える。見えなくなったその先の街道は笠井町まで続き、あとはわたしは村の名前も知らなかった。

この衆らはいったいどこまで逃げていくだらか。行くあてがあるだらか。みんながみんな、上《かみ》のほうに親戚がいるでもないずらに。

公会堂にでも泊めてやらまいか、という話にはならない。村の人のだれもそんなことは言い出さない。わしらも逃げまいか、逃げにゃおえんだに、という話にもなぜかならなくて、みんなが行列をただ見物していた。

うちは逃げないの。どうして逃げないの。逃げなきゃだめでしょう。わたしは家へ帰って聞いたが、父と母もその気はなかった。

結局、敵は上陸しなかった。敵艦は遠州灘の沖から動き出し、どこかへ行った。笠井街道を北から南へ、大八車やリヤカーを引いた人たちが帰っていった。

じつは、七月二十九日夜の艦砲射撃で浜松市街は大きな被害を受けていた。日本楽器、東洋紡績、日本無線、西川鉄工、鈴木織機、遠州織機などの軍需工場を標的にして、七十分間で二千百余発が撃ちこまれ、約二百人が死亡した。鉄道もねらわれて列車が直撃された。浜松駅前の防空壕に命中した一発の砲弾で、五十人以上死んだ。

わたしの家から浜松駅までたった七、八キロの近くだった。

艦砲射撃は一度だけだったが、浜松は前後三十回空襲を受けている。市街の七十パーセントが焼け、三千五百人余りが爆死あるいは焼死した。六月十七日深夜から翌未明にかけての一回だけで千八百人が死んでいる。

こういうことをわたしは、六十年を経た最近になって知った。

そのときは、わたしは赤く燃える浜松市街の方角を庭から見たり、昼なら道に出て村の大人が話すのを聞いたりしていた。村の人たちは爆撃の音を聞きわけて、遠いだで大丈夫だに、とか、今度のはちぃと近いじゃん、こっちさ来るだらか、おっかないのう、と言っていた。わたしは赤い空の下で町がどうなっているか、人がどうしているか、想像しなかった。上空から焼けた灰が降ってくることもあったのに。紙のかたちをとどめた燃えかすには、国民学校の教科書の字が残っていた。

なにかのまちがいのようにときどき田んぼに焼夷弾が落ちたが、村が直接の目標になることはない、ただ通り道らしくB29の編隊は夜になると村の上空を通った。いんいんと低く押しつける音が空にみち、編隊はいつまでも通過しおわらないように思えた。

警報が鳴れば布団からかけだして壕に入る。土の穴はじめじめして黴の臭いがした。兄たちはよく壕の蓋を半分開けて外の様子を見張っていたが、父はろうそくを引き寄せて壕の奥にすわり、だまって本を読んでいた。新しい本はもとより手に入らないから手持ちをくりかえし読む。表紙にピストルの絵がついたハードボイルドでなければアガサ・クリスティーだった。少し前大本営が華々しい戦果を発表していたころ、東京の家の居間で、父は壁に「大東亜共栄圏」の地図を貼り、日の丸の小旗を画鋲でとめていたのだったが。

一方で、うわさが流れた。

中田島の砂丘にたこつぼを掘るだって。

たこつぼん中さ爆弾を持って入るだって。

たこつぼひとつにひとり入るだって。

ちょごんでじーっと待っているだって。

敵の戦車が来たら飛び出して体当たりするだって。

このまえ来た敵艦は偵察だけだっただん、次に来たときは、はあ、ほんとに上陸してくる、そのときは男の衆はみんな動員されて中田島の砂丘へ行かされるだって。

うちには四十六歳の父と中学三年の長兄、中学二年の次兄、男が三人いた。沖に泊まった敵艦から戦車がどうやって上陸してくるのか想像もつかず、学校で女生徒のあいだにとびかったうわさは充分怖かった。父や兄たちがどう思っていたか、母はどうだったのか、うちでその話は出ず、わたしも聞かなかった。尋ねてはいけないことに思えた。

学校でこっくりさんがはやった。弁当を食べ終えた教室で、箸を三本組んで机に立て、アルミの弁当箱の蓋をのせる。蓋に手をかざす。

こっくりさんこっくりさん、長上村国民学校六年女組の教室です、どうかおいでてください。

机を囲んで見守るうち、箸がひとりで動き出して倒れ、かたんと蓋を落とす。箸が指した方角にいる子に、みんなの視線が行く。

次の艦砲であの子の家に爆弾が当たるだに。

あの子の姉ちゃが工場で空襲にあって死ぬだよ。

あの子の兄ちゃは、はあ、南方で戦死してるだってよ。

こっくりさんがおいでた、と女生徒たちはひそひそ言い、箸に指された子は下を向いてだまっていた。

空襲とうわさはひとつのものになって、わたしはひどく怖がりの子どもになった。

わたしは今でも、ラジオのアナウンサーの声の調子を耳のなかに再生することができる。高低なく一本で続く男声。なかみは正確ではないが、たとえばこのようだ。

「中部軍管区情報、敵機は南方海上より渥美半島に上陸せり、東海地区警戒警報発令」

「中部軍管区情報、志摩半島南部に侵入せる敵機は東進を開始し東海地区に向かいつつあり、東海地区空襲警報発令」

伏龍の訓練は、部隊が正式に編成される前の一九四五年三月ころから始まっていた。三浦半島の久里浜、野比海岸、佐世保の川棚などで、極秘で訓練が行われた。

ゴムの潜水服の上下を鉄のバンドで固定する。鋼製の潜水兜をかぶり、潜水服の首の取り付け台に固定。顔の部分に面ガラスをはめる。背中に酸素ボンベ二本と空気清浄缶を背負う。兜の後頭部に酸素供給孔があり、腰につけた給気弁をひねると酸素ボンベから酸素が供給される。息は鼻で吸い口から吐き、呼気は口の部分の排気口を通じて空気清浄缶に流れて、苛性ソーダで炭酸ガスを吸収、清浄化される仕組みである。浮力をおさえるためのおもりや潜水靴、ボンベなどで重量は約八十キログラムになった。手に持つ棒機雷は長さ三メートル三十センチ、二十五キログラムだが、生産が間に合わず、訓練に使うことはなかった。

訓練中、事故がつぎつぎ起きた。

鼻で吸い口で吐く呼吸法は不自然で、まちがえると炭酸ガス中毒になり意識を失った。ボンベの酸素がなくなり酸欠状態になった。

兜の鉄板は寄せ集めで厚さが不揃いのため、溶接により強度にひずみを生じるおそれがあった。深く潜水するのは危険だった。

兜と潜水服のつなぎめから海水が入って空気清浄缶に侵入すると、水と苛性ソーダが反応して沸騰、口に逆流し、胃や食道、気管を焼いた。この事故で助かった事例はなく、凄惨な状態で死に至った。缶は薄いブリキの箱で、なにかに当たって破れたりハンダづけが不完全だったり腐蝕したりして、海水が入ることもあった。

伏龍隊員には「一人一艦」という言い方があった。敵の上陸用舟艇はいちばん小型で三十二人乗りであり、隊員一人の死と引きかえに三十二人殺すのは効率がよい。

だが一人一艦の合い言葉は、一人で敵艦一隻倒すという意味だけだっただろうか。乗る軍艦のない隊員が自分自身の体を軍艦とみなした、そうも思える。隊員は服の胸に五センチほどの軍艦旗を縫いつけていた。

「一人一台」ということばもあった。

一九四五年（昭和二十年）六月十二日付「決戦作戦に於ける海軍作戦計画大綱（案）」は、初動十日で敵上陸船団の半数を海上で撃破し、残りを地上で殲滅するとしている。内容は次のようだ。

まず特攻機が空から艦船を攻撃する。

並行して水上水中特攻「震洋」「回天」「蛟龍」「海龍」がつっこむ。

最後の水際攻撃として「伏龍」が用意されている。

これで撃破されずに上陸用舟艇が着岸し戦車が揚陸されたときは、人間地雷が戦車に体当たりする。

人間地雷「土龍」は、爆雷の箱を背中にたすきでくくりつけた特攻隊員が、五メートル間隔に掘ったたこつぼに潜み、戦車の接近で立ちあがって飛びこむ。あるいは地雷をつけた棒を車輪めがけて突き出す。火炎瓶を銃口に投げつける。「一人一台」が合いことばだった。

全国の海岸線の方々に上陸予想地点が設定され、戦車に飛びこむ訓練が行われた。ところによっては中学生が動員されて陣地構築作業をし、それだけですまずに特攻隊員に混じって人間地雷訓練をやった。

すでに三月に、十五歳から五十五歳までの男性と十七歳から四十五歳までの女性が、国民義勇隊として組織されていた。六月には、本土で戦闘が開始されれば義勇隊を軍隊にあてるという義勇兵役法がきまった。

父と二人の兄と母、うちではわたしのほかはみな「義勇兵」だ。

中田島砂丘に父や兄たちが動員されるといううわさは、ただのうわさではなかった。

インターネットで「地雷」を検索していたとき、「人間地雷」がヤフーオークションに出ているのを見つけた。

タイトルは「大珍品旧陸軍最終兵器人間地雷」としてあった。未使用品、出品地域は静岡県とある。九月十三日にオークション開始、八件の入札があり二十日に二万六千円で落札している。

写真が三枚ついていた。ちょうど軍用水筒の形をした、大きさもそれくらいの金属製のものに、丸い蓋が二個あり、まん中にねじがある。粗いドンゴロスの袋に入って、肩掛けひもがついている。大きさが分かるようにたばこの箱と並べて写している。たばこはマルボーロだ。

「海岸に穴を掘り、米軍戦車が上陸したらキャタピラの下へもぐりこみ爆破します。もちろん人間も吹っ飛びます。片方の筒がニトログリセリン、片方が火薬ないしはガソリンを代用しました。中央のねじを回すと爆破します。幸いに使用する前に終戦となりました。未使用品です。非常に珍しい物です。中央のベルトを留める留め金が、パッと咲いてパッと散る桜の花ビラになっています。ルーペで見ないと見落とします。本体下部に着火装置が付くのですが、事故が多い為に、作戦実行直前まで外されていました」
どういう道筋をたどってか、水筒型の肩掛け地雷は六十一年の時間をくぐり、ネットに
ひょいと出てきた。それを買う人がいた。
もしかしたら静岡県中田島砂丘で、二人の兄のどちらかが持つはずの地雷だったかもしれなかった。

海ゆかば水漬くかばね
山ゆかば草生《む》すかばね
おおきみの辺にこそ死なめ　かえりみはせじ

わたしが歌っていると、母が、やめてちょうだい、と言った。いけませんとかやめなさいとかふだん言わない人が、わざわざ台所の土間からあがってきて、言った。

どうしてとは聞かなかった。歌詞の意味はわかっている。おおきみが天皇陛下だということも、水漬く屍、草生《む》す屍がなにかも知っている。

家に配られてくる『週報』という小冊子に、毎号だったかときどきだったか、楽譜つき

で歌が載っていた。やさしい楽譜だったから見て歌えた。その日届いた号の歌が「海ゆかば」だった。

村で本は手に入らなかった。疎開荷物に入れてきた自分の本はそらで言えるほどくりかえし読み、兄たちの本も父の探偵小説も母の『婦人之友』の古い号も読んでしまうと、納戸や土蔵を探して大正時代の本や雑誌を読んだ。新しく家に入ってくる活字はうすっぺらくなった新聞のほかは『週報』だけで、ざらざらのわら半紙を閉じた政府広報誌は子どもが読んでおもしろいものではない。撃ちてし止まむなどと大きい字が書いてある表紙をめくったところか、でなければ裏表紙に歌がある、たしか「国民合唱」と表題があった、それを毎週待っていた。

学校でさんざん歌わされる歌を家で歌いたいわけもないが、ほかにこれと言って歌える歌がない。水漬く屍のことばの意味を知っていても、屍の実体はわたしから遠い。

母からは、そのとき屍はどのくらいの近さだったのだろうか。

太平洋のどこかの島で日本軍が玉砕するとラジオが「海ゆかば」を奏する。偉い人が戦死したときも放送する。「海ゆかば」は国民が唱わなければならない歌だった。母がわたし以外の人に、歌わないで、と言えたはずはなかった。

校庭で見学した婦人会の竹やり訓練のとき、母は目立って下手だった。農家の女の人たちは腰に力を入れて竹やりをぐいと押し出すが、母にはできない。なんとか前へ突き出したやりの先がふらふら揺れている。

指揮する在郷軍人が言った。

「奥さん、腰をまあちいっと落としておくれますか。足を踏ん張って、敵の腹めがけて突くつもりでやっておくんなさい」

母の竹やりはどうしてもひょろひょろ揺れる。

「茂作とこのおっ母ちゃ、奥さんに手本を見せてやれや」

村の女の人たちは気の毒そうに母を見る。並んで見学している子たちがわたしの顔を見る。

わたしはもう母を見ることができない。

在郷軍人が苛立ってどなった。

「奥さん、前へ出ろ！　腹を突け！　突き刺すだ！」

けっきょく敵の本土上陸はなかった。

伏龍特攻隊員はじっさいに戦うことなく、敗戦の日になった。

医師や隊員の証言は個別にいくつかあるが、訓練中の死者の数はわかっていない。久里浜、野比だけで十人と言われ、全体では数十人と言われる。急遽つくった特攻隊で極秘の行動だったうえ、敗戦直後に機密文書が焼却されて、部隊の編成表も死亡した隊員の名前もすべて消えた。

参考文献

『人間機雷「伏龍」特攻隊』　瀬口晴義　講談社　二〇〇五年
『学徒出陣―戦争と青春』　蜷川寿恵　吉川弘文館　一九九八年
『特攻隊だった僕がいま若者に伝えたいこと』　田英夫　リヨン社　二〇〇二年
『別冊一億人の昭和史　特別攻撃隊』　毎日新聞社　一九七九年

若すぎた死者たち——旧真田山陸軍墓地でガイドをする

桜が大川の堤をうめ、盛りあがって連なっていた。わたしは源八橋の欄干にもたれて、桜を見ていた。

ポケットの携帯電話がぷるると震えた。ひとしきり震えていてから、ふだんより小さい音で鳴りだした。

松野木愛次という名がうすく読めた。

知り合いの名前ではない。だが思い当たることがあって、わたしは携帯の銀色の蓋を上げ、通話ボタンを押してみた。

「声をかけてくれてありがとう」

四角く光る画面の奥で声が言った。遠い声だった。

「あなたは」

「歩兵第三聯隊第二大隊兵卒松野木であります。明治四年五月二十七日に、源八渡しで溺死しました。いま俺のことを思いだしてくれていたでしょう」

たしかにわたしは、明治の初めにこの場所で死んだ兵のことを考えていた。当時は橋はなくて、源八渡しと呼ばれる渡し場だった。桜並木はあったかどうか。

「死んだ者はだれかが思い出してくれると生き返るのです、ちょっとの間だけですがね。それでお電話したのですよ。電話は初めてだったが、うまくかかってよかった。おもしろいものですね」

若い声だった。

「おいくつでしたか」

「はたちでした」

「では徴兵されてすぐではありませんか」

「正月に兵隊検査に合格して、入営したところでした。徴兵ったって、なんのことだか。洋服を着るのも靴を履くのも初めてだし、号令かけられて鉄砲かついで並んで歩けの走れのって」

「演習で溺れたのですか。渡河訓練で？」

「向こう岸まで立ち泳ぎで渡れと言われました。こんなに簡単に死んじまって、なんで俺が死んだだか、まだ合点がいかないです」

明治四年といえばはじめて徴兵制が敷かれた年。松野木はこの国の最初の兵隊だ。

わたしは、自分が住む町にある古い陸軍墓地のなかの、松野木愛次の墓を知っている。五千余の墓の列の中、墓地の南東隅の一区画、西から七列目の南から三番目。墓石は風雨に耐え、けなげに立っている。

「またお墓へ行きますから」

わたしは携帯に言った。

「そのときまた電話していいですか。俺、気にいりました、電話」

ツーと音が鳴って画面が暗くなった。

大川沿いに並ぶ屋台から、いか焼きのにおいが立ちのぼってきた。

人の死に早いも遅いもない。だが二十歳で軍隊に取られて数か月や数年で死んでしまうのは、やはり早すぎるではないか。

旧真田山陸軍墓地は、明治のはじめ、この国の軍隊が大阪で創設されたとき、軍事施設の一つとして設けられた。

大阪城跡の中心に兵部省役所や屯所、兵学寮を建て並べ、東北角の青屋口に兵器工廠、南の玉造口門内に病院。病院の延長線上で玉造口から城外へ出てまっすぐ南へ半里たらず、いちめん桃畑が広がる風景のなかのなだらかな小高い丘が、兵を埋葬する場所に選ばれた。東隣りに三光神社、西側に心眼寺はじめ九寺が並ぶこの土地は、死者の住まいにふさわしいところと思われたかも知れない。端的に兵隊埋葬地と呼ばれた。明治四年四月のことだった。

八千五百坪の敷地に最初に埋葬されたのは、二十五歳の兵学寮（陸軍士官学校）生徒下田織之助だった。前年暮れの下田の死をきっかけに、早急に埋葬地が設けられたと考えられている。

下田の埋葬から時をおかず、まっさらの敷地に、さっそくつぎつぎ死者がやってきた。歩兵第三聯隊第二大隊笠井助一郎と松野木愛次。ふたりはおなじ日に亡くなっている。

松野木の墓碑銘は一部欠けてはいるが読みとれる。

松野木愛次之墓　愛次　伊予温泉郡一万眼高弥兵衛之男　嘉永□申五月十三日生　明

治辛未正月応徴為歩兵第三聯隊第二大隊兵卒　同年五月二十七日□演習遊泳於大阪源

八渡而溺死　時年二十

笠井の方は、剥落が多く、辛うじて、五月二十七日と「習遊泳於大阪源」の字が読める。ふたりは、大阪城近くを流れる大川の源八渡しのあたりで遊泳演習中、同時に溺死したと考えられる。

最初の正式の徴兵制は明治六年に施行されるが、先だって明治四年辛未の年に、太政官が各道府藩県に徴兵規則を達し、身体強壮の者を大阪兵部省へ差し出すよう命じている。松野木はそのとき差し出されて入営した者ということになる。笠井もおそらく同じ事情だろう。

墓地ができた年、明治四年に亡くなったのは松野木たちを含め十五人で、阿波国徳島、紀伊国海部郡、出雲国能儀郡と出身地もさまざまだ。入営後一年たたずに死没している者が多く、入営したその月のうちという者さえある。

翌明治五年の大阪鎮台の死没者は五十人。兵員数二三六七人の約五十分の一にあたる。全員「身体強壮」の青年であった。

創設当初の陸軍の役割は外征ではなく国内の治安維持にあたるものだった。大阪鎮台からは西日本の農民一揆や士族の反乱に出動している。だが西南戦争以前には、明治七年の佐賀の乱以外では戦死者の出るような大きな動乱はなかった。本来なら死者は、一年間では一桁におさまる人数の病没が妥当と考えられる。

兵営で、何が起こっていたのだろうか。

真田山の兵隊埋葬地はこうした若者たちを迎え入れ、なお広大に空間を広げていた。創設期の陸軍はその時点ですでに、来るべき戦争に向かって、死者のための土地を十全に用意していたのだった。

わたしは旧真田山陸軍墓地でガイドをしている。

五月なかばの日曜日、雨上がりに、フィールドワークの大学生が一クラスまるごとやってきた。日本史の課題で、墓碑を調べ、該当する新聞記事を探したり文献を読んで、年末までかかって八千字のレポートにしあげるのだそうだ。専門課程ではない共通科目の講座で、学部も学年もさまざまという。昼過ぎにわたしが行ったときはもう大勢集まっていて、墓地の正門を入ったところに、思い思いの格好で三、四人ずつかたまって立ったり、石垣にもたれたり座りこんだり、あたりがうわーんと鳴っていた。

少し、不安がやってくる。

ふだん、墓地へ来てわたしたちの話を聞いてくれようというのは、ほとんどが中高年の人だ。男性が多いが、女性も熱心に聞いてくれるし、あれこれ質問が出てくる。感想を話す人も多くて、案内役はやりやすい。一人二人で来た人はもちろん、十人二十人の団体でも同じだ。

授業で来た大学生の場合は、人数が多いとどうもうまくいかない。列のうしろ半分ほどは離れてついてくることになり、こちらの話を聞いてもらえない。こうなると前の方の一人二人に話しかけてもはかばかしい反応は返ってこない。大学生が陸軍とか日本の過去の戦争のことをどのくらい知っているか、その前にそもそも関心があるのか。そのあたりをつかめないまま、案内を進めることになる。

ガイド六人で分担して、わたしは男性三人女性六人のグループの相手をすることになった。孫くらいの年の、それぞれに可愛くおしゃれした子たち、授業でなければ陸軍墓地などへまず来ることはないだろう、陸軍墓地の存在など頭の端にもないに違いない。それで当たり前だ。

「どうしよ」

わたしはガイド仲間の中村さんにつぶやいた。

「そら、あんたの腕次第、いや、ぼくらの腕次第やで」

中村さんは、七十七歳のわたしよりたしか三つか四つ年上だ。ほかのガイドの人たちが、高校の日本史の先生を定年退職したあと大学院で勉強を続けている人や、現役の院生であるなかで、中村さんとわたしのふたりだけがなんでもない人だ。話を聞く側からすれば、そこらへんのおじいさんやおばあさんに説明してもらうより学校の先生や若い院生のほうが信用できるにきまっている。わたしは何回かもうやめますと言っているが、中村さんは元気がいい。——専門の人らには思い切って言われへんことありまっせ、ぼくら気楽でんがな、言いたいこと言うたらよろし、聞く方が判断してくれはるよ。致命的にまちがうこともないやろう。まあ、あとどれだけできるか、どっちみち長いことやないねんから、やらしてもらいましょうな——。

中村さんを見ていると、わたしも、もうちょっとやってもいいのかな、という気になる。

ガイドの六人はとくに打ち合わせをするわけではなくて、それぞれが自分のやり方で案内する。NPO法人「旧真田山陸軍墓地とその保存を考える会」に属しているが、会の代表の小田先生からも副理事長の横山先生からも、案内の内容についてこれと言って指示はなく、注文も出てこない。

　わたしが墓地を知ったのは、六年前の冬の日、ほんの偶然だった。郊外のニュータウンから引っ越してきて、もの珍しく町なかの路地を歩きまわっていたとき、迷いこんだのだった。建てこむビルの合間、商店街に接してほっかりと開けた空間、縦横に整列する軍人墓。とっくになくなった日本陸軍が、大阪の街のまん中、わたしの新しい住まいのとなりに存在していた。

　買い物帰りに野菜の袋を提げたまま寄ってみたり、雪が降れば墓に積もる雪を見に行った。しゃがみこんで墓碑銘を読んでみた。行くほどに、わからないことが次々出てきた。生兵とは何か、軍役夫とは何か、はじめて見る言葉だった。第一次大戦のドイツ兵や日清戦争の中国兵らしい墓も見つけた。

　ちょうど使い始めたパソコンで墓地を見つけられた。「旧真田山陸軍墓地とその保存を考える会」という会のホームページだった。墓地の名前もこれで初めて知った。会は近現代史の研究者の集まりらしく、わたしが入るというものではなさそうだったが、ときどき見学会があって、案内をしてもらえるとわかった。

　見学会へ行くと、「考える会」の理事さんたちが墓地をまわって案内してくれた。当然のことに理事さんたちの説明はよくわかり、回を重ねるごとにわたしの疑問はつぎつぎ明かされていった。この国が明治以来どう戦争をしてきたか、国の戦争で兵が死ぬとはどういうことか、理事さんたちの話の根元にあるのはそういうことへの姿勢だと、わたしは思った。

見学のあとは門の脇の集会所で研究報告があった。報告の題名は、ある回は「軍用墓地と日本の近代」とか、ある回は「真田山招魂社の消滅と現景観の形成―埋葬人名簿と墓碑の配列から―」とかだった。後のは、膨大な墓碑のリストから墓碑の移動と墓域の変遷をあきらかにし、明治初年に墓地の中にあった招魂社がその後なくなったことを検証した研究だ。死者を祀り、その場で招魂した古い形から、霊魂を祀る場と遺体の埋葬地を分離する形に変わるのは、明治国家のプランとして招魂社が護国神社となり靖国神社となっていくプロセスを示すものではないかと言う。わたしは研究報告を聴きながら、ひどく場違いな場所に来てしまったと思い、小さくなって座っている。この墓地の墓碑群から、そういう論を導き出す手際は、わたしにはただただ手品のように思える。だがもちろん手ぎわでも手品でもない、地道な検証のつみかさねの結果だ。これが歴史学というものだと感じ入る。この報告をした理事さんはちょうどうちの息子と同じくらいの年格好で仕事も同じ高校の先生ということだったから、その点でもわたしは感嘆してしまった。

あるとき、気がついた。この墓地の始まりから終わりまでの成り立ちは、わたしの生家の興亡にそのまま同じ時間で重なっていた。

日本は明治維新を経て近代国家として急速に力をつけ、大きくなり、海外に進出した後に一挙に敗戦という結末を迎えた。わたしの曾祖父は若い日に遠州浜松の在から戊辰戦争に参戦し、東京に出て明治新政府の官員となり、国元では殖産興業に貢献し家の富を築いた。引き継いだ祖父は植民地朝鮮で華麗な生涯を送った。父の代に敗戦になり、父は伝来の田畑をすべて失う。

父は父祖と違って事業欲も名誉欲もない人で、たちまち一家は米に事欠くほど困窮した。今にしてみれば、何もそこまで貧乏することはなかっただろうに、手だてはあったろうにと思うが、たぶん父は何もしないことを選んだのだ。敗戦の年わたしは国民学校六年だった。父を見ていて、古い家が滅びてなくなるのは当然のことと、しんそこ納得した。自分が地主の富と植民地の富でその年まで育ったことも考えた。だから、どうと言うことではない。曾祖父や祖父の所業に小学生中学生の子どもが責任のとりようはない。

だが、そういうものとしての自分の存在は、その時点で確実にあった。

わたしが生まれてから暮らした東京も敗戦前年に疎開した浜松も、町は焼き尽くされてがらんどうだった。わたしの家のなかも、家族はぼろぼろだった。

真田山墓地は、日本の国と生家とわたし自身に重なるそうした時代をそっくり時系列でなぞり、兵士の墓標という形で視覚化していた。わたしの目の前に、そういうものとして墓標が置かれていた。朽ちた墓標の下にはひとりずつの兵士の骨が埋まっていた。

そのうち「考える会」が月一回の定期案内会をはじめることになって、「ボランティアガイドさん」を募集するという。会報で知ったとき、わたしはすぐ手を挙げた。できると思った。

だが、日がたって、不安になってきた。ああいうすごい理事さんたちが今までしていた案内を、今度はわたしがするというのか。冗談じゃないでしょうと思った。

そのうち会の代表の小田先生から、人が揃ったので始めましょうかと連絡があり、気持ちが定まらないまま動き出してしまった。

始まったころは小田先生がいっしょに回ってときどき説明を補ってくれることがあったが、いつからか、先生はついてこなくなった。

そうこうするうち四年たった。

横山先生の大学の授業のフィールドワークをガイドするについても、横山先生からはただ、おまかせします、よろしくお願いします、と言われただけだった。四月から始まった大学の講義で、先生がこの墓地についてどのような話をしているのか、事前に聞いているわけではない。

わたしは恐縮して、こちらこそよろしくお願いしますと挨拶した。

わたしで、いいのだろうか。

初夏の日曜の午後、雨が上がって陽光のさす下で、大学生たちはまぶしく見える。

「おとなしいしてたらあかんで。うしろの方でしゃべってる子いたら、怒ってやりや」

中村さんはそう言うけど、大学生って授業で私語するものでしょ、まして先生役がわたしじゃ、しかたないでしょ。

「がんばってな」

中村さんとわたしは、それぞれのかたまりの先頭にたって歩きだした。わたしのグループは普段通りの順路で行き、中村さんは混み合わないように逆回りで回ってくれる。逆はやりにくいのに。

ほかの四組も適当に時間差をとって歩き出し、墓地がたちまちにぎやかになった。

いつも、いちおうガイドとして、説明をきちんとする。と言うか、しようと思っている。なにしろ日本軍隊の創設から消滅まで、一八七一（明治四）年から一九四五（昭和二十）年まで機能し続けた場所である。この国がほぼ十年ごとに行ってきた戦争が、戦争ごとに墓域を区切り、墓碑群を形作って、ここ大阪市天王寺区真田山の地に現存する。この国の近現代史が現実に目の前にある、目で見てとれる。墓碑の数は五〇九一基、縦横きっちり隊伍を組んで整列し、死後も兵隊であり続けている、あり続けさせられている。わたしが話すはずの内容はたくさんあり、そのなかのどれだけを口に出すかは難しい判断になる。正しく話ができたかどうか、というより正しい話とはなにか、迷いながらとにかく墓地を回る。西南戦争の崩れかけた墓碑群から始めて、最後は門の脇の空き地。一九四五年八月十五日正午過ぎ、敗戦の放送があったあとに米軍捕虜五人が憲兵隊員によって斬殺された場所が、今、空き地のままになっている、そこまで墓地を一巡してくると、毎回、ちょうど一時間半たっている。話しすぎてはいけない、わたしの役割は事実を案内することで、その事柄がどういう意味を持つかを言うことではない。

だが大学生の顔を見ていて、いつもよりたくさんしゃべってしまった。

墓地の東南の一画、朽ちた墓碑の多いあたりに、名前の上に「生兵」と刻んだ墓標がいくつもある。

生兵阪本伝蔵墓　兵庫県但馬国鐘尾村農阪本源次郎養子　明治十一年五月二十日徴兵トシテ大阪鎮台歩兵第十聯隊第三大隊一中隊ニ編入同年八月二十一日依病大阪鎮台ニ於テ没ス二十年八ケ月

墓の正面に大きく刻んだ名前は読めても、側面の細かい字は薄れていて、たいてい読めない。さいわい国立歴史民俗博物館が調査してつくった資料集に墓碑銘一覧がある。わたしはいくつかをノートに写してきている。

「名前の上の字、なんと読むでしょう」

ひとりが答えてくれる。

「なま、へい、かな」

ほかの子がけろけろ笑う。

「なま、っておかしいやん。せい、やろ」

「横山先生によると、せいへいと読みます。これからの話はぜんぶ横山先生の本の受け売りだと思ってね」

授業の講師の横山先生は、この陸軍墓地についての研究を数多く発表している。論文の抜き刷りに謹呈と書いてわたしにまでくださるので、わたしはほんとに恐縮してしまう。

生兵とは、明治六年に徴兵制度が制定された当初の名称で、徴兵検査に合格して入隊したばかりの初年兵を言った。

当時の徴兵令には多くの免役規定があり、官吏、学生、戸主、後継ぎの長男、一人息子、一人孫などは免除された。徴兵を逃れるため他家の嗣子として養子になるものが続出、代人料として二百七十円を納めて兵隊に行かない道もあった。徴兵逃れの手段は違法行為を含めて種々講じられた。実際に兵役についたのは貧農の次男三男だったといわれる。

そうしたなかを大阪の町の兵営にやってきた生兵たちは、今までの村の暮らしと一変する軍隊生活にいきなり突っ込まれる。

洋服を着ることも靴を履くことも初めて、寝台に横になることも腰を掛けて食事することも初めて。時間に従いラッパの合図でいっせいに起きて、寝て、号令を掛けられて整列して歩いて走って。すべて初めて。

大きな負担だっただろう。

第一、自分がなぜこんなところにいるのか、なんでこんなことをさせられるのか、分かっていただろうか。おまえは国の兵だと言われるが、いったい国とは何か知っていただろうか。日本の国と言われ国民の軍隊と言われて、納得がいっただろうか。国民の義務と聞かされてもそれが自分のことだと思えただろうか。

生兵が入営翌日に行う誓いに、「平時戦時とも脱走いたすまじきこと」という項目があるので、脱走が相当数あったことがわかる。

生兵は六か月の訓練期間を経てはじめて二等卒になる。生兵のあいだは戦争に参加しない。生兵の制度は明治二十一年まで続いたが、その間西南戦争にもそのほかの内戦にも出征することはなかった。

生兵の死はすべて平時に、兵営の中で起こったことだった。病死か、事故死だった。

墓地には生兵の墓と分かっているものが百十三基ある。当時は死後二日以内に遺族が引き取りに来れば遺体を渡したので、大阪市内出身や近郊の者の墓はここにはない。実際の死者数はもっと多かったことになる。また崩壊した墓碑や銘文部分が剥落した墓碑の存在を考えれば、墓の実数もわからない。あくまで現存の百十三基のなかで推しはかるしかなく、正確な統計は不可能だが、読みとれる範囲では、病没七十一人、事故死三人、あと三十九人は死亡理由を書いていない。

わたしは生兵阪本伝蔵の読みにくい墓碑銘を指で辿りながら、声を出して読んだ。

「五月に入営して八月に死亡とあるから」

わたしが言うと、

「三か月で死んでもうた」

男の学生がわたしの言葉をひきとった。

「二十歳！」

「そう、二十歳。あなたは……」

「ぼく、来月で二十歳です。この人、ぼくや」

徴兵検査に合格したときは丈夫な体であったにちがいない青年が、入営後三か月で亡くなってしまっている。阪本伝蔵は何の病気だったのだろうか。鎮台病院とも大阪陸軍病院とも書いていなくて大阪鎮台で病没とあるのは、急病で入院するまもなかったということになるのか。脚気かもしれない。当時脚気は脚気衝心と言って急激に心臓をやられて死ぬ病気だった。「虎烈剌デ避病院入院即日死亡」という墓碑も近くにあるが、伝蔵は入院していないのでコレラではないだろう。コレラの場合は直ちに火葬するから家族が駆けつけたとしてもまにあわないが、伝蔵の親は息子の遺体に会えただろうか。

明治のはじめの二十歳といえば、今考えるほど若くはない、十分大人であっただろう。さらに、戦う前に大阪の兵営で死んだ者の死と、戦場で死んだ兵士の死を比べてどうこう、ということはもとよりない。この墓地の、たとえば日露戦争の墓域を見れば、「明治三十七年五月二十六日南山攻撃ノ際戦死」という同じ字がいくつもあるし、日清戦争の墓域には「清国柳樹屯兵站病院死」といった字が並んでいる。さらに納骨堂には中国大陸や太平洋の島々で最期を遂げた死者の骨壺が八千余、天井まで棚に積み上げられている。累々たる戦死者戦病死者の列。それらの死と比べて、生兵の死がなにかということではない。だが、崩れかけた墓碑に生兵という字を見ると、わたしは感慨をもたずにいられない。元気で村から出てきた青年が数か月の兵営暮らしでことんと死んでしまうのは、やはり理不尽というものだ。

この墓地の最初の埋葬者たち、たとえば明治四年に源八渡しで溺死した松野木たちについては、あるいは軍隊ができたばかりである程度の犠牲は想定内という言い方もあるかも知れない。しかし曲がりなりにも近代国民軍として徴兵制度を制定したあとのことは、しかたなかったではすまないのではないか。軍隊生活のありよう、兵を処遇する仕方の根元のところに問題があったのではないか。

生兵たちは平時の兵営で、ばったばったと死んだ。広い埋葬地に次々埋められていった。

わたしは次に、同じ墓域のなかの少し離れた一基にみんなを案内した。

生兵□□□□之墓　兵庫県丹波国氷上郡下滝村平民□□□□長男　明治十五年二月八日徴兵シ大阪鎮台歩兵第十聯隊第二大隊第四中隊へ入隊明治十九年八月九日大阪陸軍監獄署ニ於イテ死

この墓碑銘は崩落がなく、彫りが比較的きれいに残っているので、ノートを見なくてもなんとか字をたどれる。

「生兵はふつう六か月で訓練を終えて二等卒の位をもらうとさっき言いましたが、この墓碑の人は違います。墓の名前の上にある、死亡したときの身分が生兵となっていますから、生兵のとき獄に入って四年後に死亡したということでしょう」

獄死したとき、この人は生兵のまま二十五歳になっていた。

陸軍刑法での処罰の対象は、反乱、抗命、せん権、辱職、暴行、違令、逃亡など。刑は死刑、徒刑、流刑、懲役、禁獄、禁固。四年は軽い刑ではない。どんな罪を犯したのか、どういう事情があったのか、獄中で病死したのか、あるいは。

墓碑銘は多くを語らない。この生兵に関する史料は墓碑のほかにはないので、これ以上のことはわからない。

ただ重ねて横山先生の受け売りをすると、この生兵の死の背景に、次のような状況を考えてもいいのかも知れない。

この生兵が入営した明治十五年は自由民権運動が巻き起こっていた。軍人が政治に係わることは厳禁とされ厳罰に処されたが、それでも軍の中から運動に加わる者は出た。こうした事態に対処し、軍紀の確立を期して軍人勅諭が発布されたのが、明治十五年という年だった。そういうことは、あった。


逆回りで来た中村さんのグループと出会った。

「この方、中村さんです。せっかくここでお会いしたから、ちょっと合流して中村さんのお話を聞きましょうか」

中村さんは十人ほどの学生たちといっしょに、葉を茂らせた松の木の下にある墓を訪ねて来たところだった。

中村さんも歴博の資料集から墓碑銘を書きうつしてきている。わたしは自分の控えとしてノートに写しているだけだが、中村さんは大きな紙に達筆の太い字で書いていて、墓の前でぱっと広げてみせるのだ。この墓碑は字が比較的よく残っているので、みんなかわるがわる墓の前にしゃがんで読み、中村さんの紙と見比べて確かめている。

「歩兵二等卒ですな。右側の面、読みます。明治十四年五月四日大阪鎮台歩兵第九聯隊第一大隊第二中隊編入同年十一月十九日二等卒拝命待罪中謹慎。次、読めませんね。同年四月二日重営舎入二十日間被申付外出先ニ於テ飲酒酩酊巡査ニ対シ口論殴打シ鼻孔ヨリ出血ニ至ラシムル科同年六月二十三日ヨリ重禁固四ケ月被申付処脚気症罹リ入院中同年九月一日死亡」

中村さんが紙をめくって言う。

「左側の面に身元が彫ってあります。滋賀県近江国犬上郡彦根士族、次一字わからない、なんとか吾三男万延元年十月十日生。士族の三男坊さんですな。時のいきおいで二等卒、一番下の階級にならないかんかった、それまでいばってはった人が、やけになったんと違いまっしゃろか、何があったんかわかりませんけど監獄に出たり入ったり、酒飲んで巡査と衝突して、あげくに脚気にかかって死んでもうた」

聞いているみんなは、ただ、はあと言う。

「監獄で死んだやら溺死やら縊死、銃でもって自殺。この手のんが、ほんまにようけありま す。変死て書いたのんもあります。おわかりですわな。戦死やありません。名誉の戦死、しとりません。こういう人らは靖国神社に祀られとりませんのです。お国のお役にたっとらんから、祀られんのです。これらは靖国神社と対極にある墓や。祀ってくれんでもよろし、だが監獄やら自殺やらといちいち、こまこうに墓に書くいうのは、いったい日本陸軍はどういうつもりやったんか、どういう神経しとるんか。ご遺族が見たらどう思います、どんな気持ちしますか。これが日本陸軍というもんやと、ぼくは思うとります」

中村さんの首筋を汗が流れている。

「若い君ら、どない思わはります。こんなん見て、将来もし徴兵制になったとしたら、それでも徴兵行けますか、拒否しよう言う気になるんと違いますか」

お礼を言って、中村さんたちと別れた。

大学生たちはさかんに携帯で写真を撮る。

「これに決めよかな」

「さっきの方が字が読みやすいよ」

とにぎやかだ。墓碑をひとつ選ぶのだと言う。

「おすすめの墓碑はありますか」

来月二十歳と言った男子学生がわたしに言った。

「難しい質問をするのね」

わたしたちは日清戦争の墓碑の区画に回ってきていた。

「たとえばこの区画だと、何について調べるか、問題がわかりやすいと思います」


陸軍歩兵二等卒坂井久米吉之墓　明治二十八年十一月十日於清国旅順口兵站病院死

この区画では、縦横四角に並んだ七百七基がこのたぐいの表記で統一されている。すべて清国のどこどこの病院死、避病院死、隔離病舎死だ。柳樹屯兵站病院、海城舎営病院、営口兵站病院といった同じ字がいくつも読める。台湾の基隆の病院名もある。

「ここに葬られた大阪第四師団の兵士は、全員戦病死です。戦死した人は一人もいません。理由は、みなさんが調べてくださいね、横山先生の本にも書いてあります」

ここでもわたしは、余分におしゃべりをしてしまった。

「第四師団だけでなく日本全体でも、日清戦争では死者の圧倒的多数は病死です。統計によって若干違いますが、一般に陸軍参謀本部編の「明治二十七八年日清戦史」第八巻の統計によって、死者合計一万三四八八人、そのうち戦死が一一三二人、戦病死が一万一八九四人とされています。全死亡者に対する戦死者の割合は八％にすぎなくて、九十％近くが戦病死です」

もう一言余分に言ってしまった。

「太平洋戦争では、最も多い死因は餓死です」

「ガシ」

女子学生がつぶやいた。

「飢え死に？」

しばらくみんな黙っていた。

それから一人が声を上げた。

「ここの墓碑は年齢が書いてない」

「ほんまや、なんでかな」

「でもきっと若いよね、二等卒か一等卒やから。偉い人やないから」

わたしもその見方に賛成する。みな若かったに違いない。

「次、年齢どころか名前もない墓碑へ行きます」

墓地のまん中の広場はいちめん草が茂っている。広場の南側まで草の海を渡っていく。昼前まで降っていた雨で葉の一枚一枚が湿り、柔らかく足をこする。

明治三十七八年戦役合葬碑と彫った墓碑が四基。西から東へ、将校、准士官、下士官、兵卒と、並んで立っている。将校の碑が一番立派で、順に小さくなり、兵卒の合葬碑は将校の三分の一くらいの大きさしかない。入っている遺骨の数は、兵卒がだんぜん多いはずなのだが。

明治三十七八年戦役つまり日露戦争では予想外に多くの戦死者があり、従来通り一人一基の墓を作っていては墓地の敷地が足りなくなる恐れが出てきた。第四師団は陸軍省にお伺いを立てた。「戦地から帰ってきた遺骨を分骨し、まとめて合葬墓碑として建立したい。その際、死没者名をいちいち刻んでいては碑が巨大になり経費もかかりすぎるので、省略したい」承認された結果、合葬墓碑には死者の名前が彫られていない。第四師団経理部に保管してあったはずの合葬の原簿は、太平洋戦争後陸軍の解散にともない行方不明になった。もしかしたら防衛庁の倉庫かどこかにあるのかも知れないが、見つかっていない。

「はじめて来たとき、四基のうしろへ回ってみたんですよ」

わたしは大学生たちに言った。

「名前を見ようと思って。うしろはまっしろでした。そのときは事情を知らなかったから、墓碑に名前がないということが信じられなかったですね」

階級で分別されたうえ名前までなくされた死者は、もう、一人の死者ではない。かつて生きていたうちのお父さん、うちの息子ではない。何柱と数えられる数の一つに組みこまれ、国の英霊という抽象的な存在に化けてしまう。

わたしは思うが、口には出さない。たぶんガイドの役目の外だから。

大学生たちは草の露にズボンの裾を濡らして、立っていた。

ひとりが言った。

「さっきからいっぱいあった、ぼろぼろの墓碑。あれももう名前がないね」

その通りだった。和泉砂岩の墓標は欠けやすくて、墓碑銘を記した表面がぱかっと剥落してしまえばその兵士の名前は失われる。

名前を持つ骨はかつてたしかにひとりの兵士であった。桜の下に埋めてもらって、たまには縁者が来ることもあった。名前を失った骨は、だれでもない、ただの骨だ。やがて崩れて桜の下の土になる。

敗戦の年の六月、焼夷弾爆撃で飛散して壊れ、戦後、塚に積まれた墓碑もある。この一山は墓碑の数さえ正確には数えられないで二百六十基以上ということになっている。これも名前のない墓だ。

終わって、学生たちと挨拶を交わして門の外へ出たところで、中村さんに追いついた。

「どないやった」

歩きながら、中村さんが聞いてくれる。

「まああよくできたかな。人数が多いわりには聞いてもらえた」

「ぼくとこも、けっこううまくいったよ。自己採点で満点とはいかんかったけど、質問してくる子、ようけ、おったし」

中村さんには言わなかったが、じつは途中で気がつくと人がだいぶ抜けていた。わたしのガイドに飽きたのだ。話を聞くより、早く墓碑銘を決めて書きうつさなければ、時間も遅くなるし。そう思ったに違いない。

「どこまで関心を持ってもらえたか、それはわからんけどな。若い人らが、はじめから陸軍墓地に興味があるわけもなし、ここへ来てちょこっとでも何か感じることがあったら、それでいいのと違うかな」

わたしは同意する。

それにしても、中村さんはなんでこんなに元気なのだろう。地下鉄の入り口で、じゃあなと言い、手を挙げて、すたすた階段を下りていく。

わたしは玉造筋と長堀通りの交差点に立って、信号が変わるのを待った。疲れが脚からのぼってきた。


大学生たちを案内してしばらくして、横山先生からホッチキス止めのぶあつい冊子をいただいた。

「去年の分ですが、墓地調査のレポート提出のとき、添えて出してもらった感想文です」

二百四十人全員が授業時間に書いた手書きの文章を縮小コピーしてある。今年のレポートが完成して結果が出るのはだいぶ先になるので、とりあえず昨年度のを読んでください、ということだった。

巻頭に横山先生がレポート出題の意図を書いている。

「課題　近代日本の戦没者・兵役従事者の墓碑調査

二十世紀の日本は二つの意味で大国であった。一つは軍事大国、もう一つは経済大国である。後者はよく知られているが、前者は忘れられている。しかし二十一世紀の日本の進路を考えると軍事大国であった歴史から何を学ぶかは、今とても大切なことだ。その入り口として、軍隊に入った当時の人びとの死の姿を調べて、考えたことをまとめてもらう。

一つの墓には一つの名前が刻まれ
一つの名前には一つの命があり
一つの命には一つの人生があり
一つの人生には一つの家族があった。
一つの命にはそれを育んだ一つのふるさとがあり
一つの命にはそれを囲んだ友だちがいた。
あなたと余り変わらない年齢で
その人生にピリオドを打たれた
一つの命の輝きや悲しみを
一つの命をとりまいた家族や友だちの思いを

軍隊、徴兵制、戦争というキーワードで
あなたはどれだけ読み取れたか」

学生の感想を抜粋すると、次のようだ。

「このレポートは、ひとりの人の墓碑を選ぶことから始め、新聞や関連文献や図書館でその人の生きていた時代背景を調べるという、何か月もかかる課題だった。ぼくには正直しんどかったが、途中で投げ出してはその人に対して失礼だと思った。自分と変わらない年齢で軍隊に入り、自分と正反対の一生を送って死を遂げた人だから」

「八千字なんてレポートは初めてだし、墓碑などにも興味がなかったが、調べていくうちに気持ちが変わってきた。戦争のことを考えるようになった。終わってすごい達成感があった」

「今まで戦争のことを考えるのを避けてきたことに気がついた」

「最初なぜ日本史の授業で墓碑調査なんかするんだと思っていたが、ガイドの人の話を聞いて、それからいろいろ調べているうちに、日本の歴史を学ぶことにつながっていることに気づいた」

「墓地へ行って思い浮かんだのは自分の祖父でした。祖父は戦死したそうです。今までまったく知らなかったが、この機会を得て、どんな人だったか調べようと決心しました。調べるうちに、祖母のことも知らなかったことに気づきました。祖母は苦しい思いをして生きてきたのだと思いました。一人一人には必ず物語があります」

「私は広島出身で、戦争の傷に触れていますが、まだまだ知らないことがたくさんあります。もっと歴史を勉強したいと思いました」

「戦争が国民に残したのは正義でも自国防衛でもなく、深い悲しみと絶望感だったと思います。今でも世界では戦争が起こっています。今度は世界のことにも目を向けて勉強したいと思いました」

「一番得たことは、命というものの大切さを改めて知ったことです」

「戦争中の日本は、天皇に従っているだけで人間の感情がなくなっていたと思います。それが一番怖いことだと思いました。戦争があるだけでいろいろな人を長い間苦しめ、戦争で解決することは何もないと思いました」

同時に、先日のフィールドワークに参加した学生たちの感想をA4一枚にまとめたものもいただいた。

「目の前に広がる墓を目にして、なぜこんなにも人が死んだのかと思った」

「最初墓碑の写真を撮るなんて失礼だと思ったが、そのうちに、撮ってもいいのだ、忘れ去られることの方が失礼なことなのだと気持ちが変わった。墓碑を調べた前と後で気持ちが変わった人は私だけじゃないと思います」

「はじめは他人のお墓を調べるなんてすごくいやでした。怒られないか、怪しいと思われないかと心配でした。でも調べてみて思ったのは、知らない人にお墓に来てもらうのも、いいものではないかと思ったのです。お墓に入っている人たちはうれしかったかも知れません」

「自分と時代も違い環境も違うのに年齢はすごく近い兵士。心が痛くなりました」

「お墓の前に立っていると、この人が実際に戦争を体験し、亡くなっていったのだと考え、重たい何かがのしかかってきた」

「特有の空気感があった。死者の無念さや痛みからくるものかなと思った」

「私の知っているお墓とは違った不思議な空間だった。本当に不思議な気持ちになった」

「ガイドのおばあさんが汗だくで必死で話しているのに、私は蚊に刺されてかゆくて、よく聞いていませんでした。でも真田山墓地へ行ったことは今後忘れないと思います」

大学生たちの感想を読んでから数日後、思いたって源八橋へ行ってみた。

源八橋から見る大川の両岸は青葉だった。

桜の青葉。

明治のはじめ、この場所が渡し場だったころ。徴兵検査に通って入営したばかりの兵たちが、兵営から畑地を通って川べりへ行軍してきた。渡し場のどのあたりから川へ下りたのか。装備をつけて？　銃を持って？　あるいはふんどし一丁で？　水が冷たかったのだろうか、泳ぎを知らなかったのだろうか。なにかの理由で松野木愛次と笠井助一郎がいっしょに溺れ死んだ。

——松野木愛次の父親は、知らせを受けてすぐ伊予から出てきただろうか。兵営では親が着くまで待っていてくれただろうか。父親は息子の足をひざから折り曲げて抱きかかえ、座棺の底にそっとおろした。息子は蝋のような顔色をして、押しこまれるままに座り、首を垂れた。父親はかつがれていく棺桶のうしろについて、真田山へ歩いて行った。見はるかす向こうまでがらんと何もなく広がる地面に、穴が掘られ、棺桶が下ろされた。

笠井については墓碑銘の残欠が少なすぎて、想像さえできない。

六十六年前、わたしの兄二人は浜松一中の二年と三年で、毎日軍需工場に通って飛行機のなにかの部品を作っていた。二人は、義勇兵役法によって国民義勇戦闘隊に編成された「義勇兵」だった。あの夏戦争が終わらなければ、本土決戦になっていたならば、兄たちは義勇兵として動員されていたはずだった。中田島の砂丘に掘ったたこつぼの中で爆弾を抱いて、敵の戦車が遠州灘から上陸してくるのを待っていただろうか、ふるえながら。

聞いたことはないが、中村さんも同じ体験を経てきているに違いなかった。

若い人は、死んではいけない。

わたしは源八橋近くの桜ノ宮駅から環状線に乗った。電車が大川の鉄橋を渡るとき、三つ向こうの座席に松野木愛次が座っているのを見た。携帯電話を目の前にかざして、ばちばち指を動かしていた。

愛次さん、怖かったでしょうね、溺れたとき。

というより、なにが起こったかわからなかったですね。

松野木愛次が携帯に気をとられながらそう言った。

参考文献

『国立歴史民俗博物館研究報告　第一〇二集　慰霊と墓』　新井勝紘・一ノ瀬俊也編　二〇〇三年
『陸軍墓地がかたる日本の戦争』　小田康徳・横山篤夫・堀田暁生・西川寿勝編著　ミネルヴァ書房　二〇〇六年
「真田山陸軍墓地に埋葬された生兵たち」　横山篤夫　生活文化史第五十四号　二〇〇八年
「旧真田山陸軍墓地とその保存を考える会」　会報

未来へ行った？

嶺月さんが亡くなった。

いつもと同じに、午後から大阪文学学校に仕事に来て、「文校ニュース」の丁合作業をしているのだが、事務局長が通りがかりに見るとなにか様子が違う。机に積まれた紙を前にして、手を出さずに座っている。時間をおいて二度目に同じ状態を見たとき、事務局長は「嶺さんどないしました」と声をかけた。

「ちょっと気分わるい。今日はやめて帰りますわ」

次の日、嶺月さんが現れないので、事務局長は電話をした。夜まで、何回も、携帯と固定電話の両方にかけた。

三日目、事務局長はスマホの地図を見ながら嶺月さんの住まいを尋ねていった。

硝子のはまった格子戸の上に、嶺月耀平と本名と、ふたつの表札が並んでいた。

返事がないので戸を引くと、すっと開いた。

電気が点いていた。

框をあがったところの机に、嶺月さんが伏せていた。いつものジャンパーにハンチング、靴を履いていた。手に高齢者保険証を持っていた。向こうにむけた顔を事務局長はのぞいた。嶺月さんは目をうすく開けていた。

十月四日。八十二歳だった。


嶺月さんはもと印刷店を営んでいた。当然、印刷物の扱いは手のものだ。紙をさばいたり、ページをそろえて部数ごとに並べたり、綴じたり、といった作業を、見る間に整然とやってのける。繊細というわけではない、むしろ太短い指が紙の間にすっと入っていくと、何百枚の紙がいっせいになびいて一、二ミリの等間隔に頭を揃えて横長に整列する。次の列も同じく。手前の列から一枚ずつ指を入れて紙を取りあげ重ねていくと、小冊子一セット分だ。それをくりかえせば、とくに数えるでもないらしいのに必要な数だけの冊子がちゃんとできあがっている。ずんぐりむっくりの人が紙の前に立つとしゃっきり背を伸ばして身長が伸びた。

「手品みたい」とわたしは言った。

「昔の印刷屋やからね。コンピューターになってから、こんなことだれもやらんよ」

戦後何年もたたないころ、新制中学を終えて、大阪の町に焼け残った印刷工場に住み込んだ。鉛活字を拾い、手差しの活版印刷機を動かすことを習った。「自らが選んだ職業というより、毎日を餓えずに食いつなぐ方法として得た仕事場だった」と嶺月さんは書いている。もとよりフィクションとしての作品だし、自分を語ることのまずなかった人だから、そのまま事実と受けとるのではないが、やはり書かれているのに近い状況で印刷職人になっていったのだろう。その後、仲間と共同で商店街に印刷店を立ち上げた。活版印刷からオフセット印刷へ、さらにデジタル印刷へ、業界の移り変わりに対応して、「まあいろいろあったがけっこうちゃんとやってきた」と、これは本人の口から聞いている。「印刷屋仲間からの下請けもあって、小ロットの雑誌やパンフレット、商店街のちらしとか、小さいなりに仕事は絶えなかったで。というか、大きい企業が倒産する場面でも、うちらみたいな零細はかえってもちこたえるもんでね——」

廃業したのがいつのことかは、作品で書いていないし本人から聞いていないのでわからないが、大阪文学学校に入学して詩を書きだしたのは、その後の二〇〇〇年春期、六十六歳のときだ。

文学学校事務局の手伝いをすることになったのは三年か四年後からで、嶺月さんの印刷職人としての技術が重宝された。文学学校が発行する出版物のなかで毎月のニュースなどの小さい印刷物は、外部に発注するよりも嶺月さんの手作業が向いていたのだろうか。嶺月さんはよく午後から事務局に来て、まん中の部屋の机に向かって作業していた。わたしといっしょのクラスの合評が夕方終わったあと、事務局長が「嶺さん、頼む」と呼び止める場面に何度か出会っている。郵便物の発送で深夜までかかることも多かったらしい。

「年金暮らしにはけっこういいお小遣いになるんよ」と嶺月さんは笑ってわたしに言った。

「それに仕事してれば元気やし」

嶺月さんは帰りは地下鉄二駅分歩いて天満橋から電車に乗る。万歩計が一万歩超えると言っていた。病気したとか風邪引いたとか、聞いたことはなかった。

わたしが文学学校に入ったのは嶺月さんよりだいぶあとのことだ。二年目に専科の岡クラスに入って、嶺月さんに出会った。嶺月さんは初めは詩を書いていたが、小説を書きはじめて木辺クラスに何年か在籍し、その期は岡クラスに来たという。

わたしは一応書きたいことがあって来たのだったが、苦心して書いて出したものが合評でけちょんけちょんに言われる。書いたつもりのことがぜんぜん読みとってもらえない。書き方がまずいとかの問題ではなくて、酷評というより、なんか批評以前のところでものを言われてるのではないか。合評の時間が終わり、どういういきさつだったか忘れたが、嶺月さんに泣きついた。

「百人の中でひとりに伝わればいいのだ、と木辺さんが言ってます」

と嶺月さんが言った。

「伝わる人にはちゃんと伝わっていますよ」

嶺月さんは合評の場であまりはきはき発言しないから、わたしの作品をどう批評してもらったか、悪いけれどよくわからなかった。そういうことではなく、優しそうな人だとわたしのアンテナがキャッチして泣きを入れたのだろう。専科の書き慣れた人たちの間に混じったばかりのわたしは、ほんと、情けなかった。

「いいではありませんか。縁もゆかりもない他人さまが自分の書いたものを読んでくださるのですよ。それだけで十分ありがたいではありませんか」

うんうんとわたしはうなずいた。嶺月さんに言われると、そういう気になるのだった。

夜になって、嶺月さんからメールが来た。

室生犀星の詩、「室生犀星氏」。

わたしは冒頭の四行を壁に貼った。

　みやこのはてはかぎりなけれど
　わがゆくみちはいんいんたり
　やつれてひたひあをかれど
　われはかの室生犀星なり

嶺月さんがわたしに一枚の写真を見せた。

手札型の黒白。だいぶ黄ばんでいる。角に折れ皺も入っている。

作業服に戦闘帽をかぶり、ゲートルを巻いた男性が、直立不動の姿勢で正面を向いている。

「おやじ」

と嶺月さんが言った。

「これ一枚だけ残っているのよ。なんでかね。あと、おやじに係わるものは何もないのに」

嶺月さんが子どものころ、お父さんは大阪砲兵工廠に勤めていたという。

「ちょっと調べてみようという気になってね」

わたしは文学学校へ入る少し前に大阪市中央区に越してきて、近くの大阪城周辺一帯が六十年前まで軍事施設で埋め尽くされていたことに気がついた。一大軍都の跡地のまん中に、わたしは住んでいるのだった。中部軍司令部、陸軍第四師団司令部を初めとして、歩兵第八聯隊、第三十七聯隊、騎兵隊、憲兵隊本部、練兵場、射撃場、衛戍刑務所、陸軍病院、陸軍墓地。軍人会館、傷痍軍人会館、国防婦人会館。被服廠、砲兵工廠。

地図にそれら施設を重ねてみると、戦時中の大阪が復元していった。天守閣横のもと博物館の建物が司令部、国立大阪病院が三十七聯隊。なかでも地図の上で目を見張るのが砲兵工廠の拡がりだった。

大阪砲兵工廠（正式名は大阪陸軍造兵廠）は、明治初め、大阪城内の青屋口で小規模な工場として発足した。以来、日清、日露、満州事変と戦争のたびに拡張を重ね、太平洋戦争末期には現在の大阪ビジネスパークと大阪城公園から森ノ宮までを含む約百三十万平方メートルの敷地に約二百の工場を展開していた。当時の従業員は約六万三千人。アジア最大の兵器工場だった。ここから海を越えて中国大陸へアジア各地へ、大砲を初めとする重量兵器や弾丸が送られた。

敗戦前日の八月十四日、工廠は猛爆され壊滅した。死亡者は周辺住民を含め一千人を超すと言われる。

「おやじは最期の空襲を生き延びたわけだ」

前年に、国民学校四年の嶺月さんは大阪から熊本の親戚に縁故疎開させられていた。学齢前の妹は父母と大阪に残っていた。戦後、一家で熊本へ移り、山奥に入植し開拓農民になった。

敗戦のとき、わたしは嶺月さんより一学年上の六年生だった。暮らしていた場所が、一方は大阪から熊本の山村へ移住、当方は東京から静岡の農村へ疎開と違っても、あの特殊な数年間を生きた経験は共有する。子どもなりのわかり方で、戦争を知っている。上の方で偉い人たちが戦争をしているとき、それからその人たちが戦争に負けたとき、自分のところで何が起こったか。たまたま戦死者を出さなかった幸運な家族でも、住む家がなく、その日食べるものがなくなれば、父や母が笑うことがなくなり、ものを言わなくなり、口を開けばお互いを責め、罵り合う。険悪な空気の中で子どもはどうするすべもない。

戦争の下で生き延びるとは、ある面では、そういうことも含んだのだ。

寡黙な嶺月さんでさえも、開拓村の暮らしの過酷さを口に出して語ってくれたことがある。作品「狗尾草（えのころぐさ）」に書いていることは、おそらく実体験であっただろう。もと裕福な家の出であったお父さんが意固地さを増し、家族のあいだがぎごちなくなっていったとしても当然だったかも知れない。嶺月さんだけでなく開拓村の他の子どもも、農作業を手伝う合間にたまに山を下りて村の学校へ行っても勉強はわからない。弁当も持っていかれない。長期欠席になっても親が対処してくれるわけではない。

嶺月さんは中学校を終わる前にひとりで家を出た。

長い年月がたち、自分が父親の年を越えたとき、一枚だけ残った写真から、怨念を越えて父親の歴史をさがしてみようと嶺月さんは思ったのかも知れない。

「工廠でのことは、おやじは話さなかった。ただ大勢の職員でそろばんで計算していたと言ったことがある。それと別に、信管の検査担当だったとか聞いた気もする。軍人でなかったのは確かで、軍属だったたと思う」

「わたし、工廠のことを書いた本を持っているわ。なにかわかるかも知れない。見てみる？」

本の表紙裏に鉛筆描きの絵が載っている。「工廠内に於ける現場の服装（昭和十六年頃より）」という、これも手書きの表題があり、男子と女子の作業服姿に帽章や腕章の解説がある。見るからに素人の絵で、現場の人が描いたに違いないが、署名はない。

まさにこれだった。

写真のお父さんは、絵の男性と同じ作業服にゲートルを巻き、戦闘帽型の作業帽をかぶっている。腕章は筋が三本入っている。本の解説に、三本が工員長、二本が班長、一本が副班長とあるので、お父さんは工員長だ。帽章は、役付き工員のものとわかる。桜花の形をした襟章は、色別に階級を表すことが示してあるが、黒白写真なので判別できない。

本には別刷りで砲兵工廠の全配置図がついている。大阪城の外堀から寝屋川を上限に、城東線、現在の環状線をはさんだ外側まで拡がる区域に、びっしりと大小の四角形が書き込まれ、ひとつひとつに「第十四旋工場」「第一鋳造場」「圧延場」などと記入してある。

嶺月さんは本を家に持って帰り、図書館でも調べたらしかった。大阪城公園を歩き回ってもみた。結局はどうだったのか。職種が特定できれば、工廠の配置図を見て、どこにいたか推測くらいはできるのだが。

「工廠跡地には大量のドラマが埋まっている」と嶺月さんが言った。

「この図では本部のあたりに会計課とか技術事務所とかの建物が集中している。このあたりにおったかもしれへんね」

工廠本部のあった場所にはいま大阪城ホールがある。

「もう少し調べたら。どこかに名簿が残っているかも知れないよ」

わたしは言ってみた。

「もうええわ、おやじのことは」

と嶺月さんは言い、わたしに本を返した。硫酸紙できっちりカバーが付いていた。


わたしは岡クラスに何年か嶺月さんといっしょにいて、嶺月さんの作品を読んできた。主人公はいつも職人だった。左官屋、植木屋、洋服の仕立て屋、印刷屋。最初に読んだのがたしか「壁屋の利助」で、わたしは作者はじっさい左官屋さんだったんだと思い込んでしまった。たまに果物店や郷土料理の店のあるじが主人公のこともあって、夫婦で小体《こてい》にやっていた店を年取って閉めることにして、という設定だった。

主人公の妻はどの作品でもこまめに立ち働き、夫に心配りをする。地味だが、けっこう口数は多くて、言うことは言う。外では無口な夫も妻にはなにかと相談を持ちかけ、心のうちをあかしたりする。

嶺月さんの奥さんがずいぶん以前に亡くなったことは、聞いていた。

「昔の癌は治療法が今みたいやなかったから、最期はほんま苦しんでね、可哀想だった、見ていられんかったよ」

そのときからぼくは敬虔な仏教徒よ、年いっぺん本願寺へお勤めに行くし、戒名もいただいているよ、と嶺月さんは言った。

お酒を飲まないのは体質かと思ったら、奥さんが亡くなったときやめたのだそうだ。

ほんとにいい旦那さんだったんだね、とわたしが言ったら、向こうの親戚はみんなそう言うね、と嶺月さんは照れもせず即答した。

作品には主人公の家族がよく登場する。嫁さんが筑前煮を作ってきたり、孫がじいちゃんの分までたこやきを食べたりする。「いずれ花垣」という作品では、たしか、家をしばらく離れていた息子が門口に生け垣を組んで、根元に花木の苗を植えるという終わり方だった。

奥さん以外の身内の話は、嶺月さんはしなかった。息子か娘がいるのか、かつてはいたのか、もともといなかったのか。少なくともわたしは聞いていない。

わたしは二年前八十歳のとき、ひとり暮らしをはじめた。なかなか慣れなくて、ひとりでごはんを食べるのが辛かった。

「嶺月さんて、ほんとにずっとひとりで暮らしてきたの。いつもひとりでごはんを食べるの」

「そうよ、ずっとひとりで食べとるよ。ちゃんと米を炊いて、おかずを作っとるよ」

ふーん、そうなんだ、とわたしは言った。

東日本大震災の数日後、嶺月さんからメールが一行来た。

「わたしはもう失うものは何もない。覚悟を決めた」

返信をした。

「わたしも決めた。生きている間は元気でいること」

しばらくたってから、わたしは嶺月さんのその一行を、小説の登場人物のせりふにそっくりそのままもらった。そのときは構想していなかったのだが、連作で書いた次の作品でわたしはその人物を自殺させてしまった。

さすがにまずいのではないか。

メールで、フィクションとはいえ申し訳ないとあやまると、返信が来た。

「わたしを気にすることはないです。願わくは一切の過去を問わず積極果敢に生き直す。でも心は強くも弱くも両方ありです。死もまた真なり」

なんか、よくわからなかったが、嶺月さんらしい言い方だった。

同人誌『宙』創刊号の編集後記に嶺月さんは書いている。

「百歳までは生きようと思う。世の成り行きを見つづけたいのだ。文学学校で創作の面白さに惹かれてすでに五十作以上の短編を物した井の中の蛙。ゆえに大海の厳しさも知っていて、これからも書きつづけるほかなし」

わたしは「百作は書いたよ」と聞いている。


嶺月さんが亡くなったことをわたしが知ったのは、十月も末近くだった。すでに二十日以上たっていた。

クラスが変われば、会う機会はほとんどない。そういえば秋期がはじまってから事務局で仕事する姿を見てないな、と思ってメールしたが、いつもすぐ返事をくれる人なのに、返信がない。もしかして入院でもしたかもしれない。私と同い年の八十二歳、お互い何かあっても当然の歳だ。

次のクラスの合評の日、事務局長に尋ねて、知った。

事務局長は、住まいを訪ねていったときのことを話してくれてから、続けて言った。

次の日警察を介して娘さん家族と連絡がついた、娘さんのご主人だと思うが男性と電話で話した、葬式はしないとのことだった。娘さんが、いてはったんやねえ。

「写真撮ったけど、見ますか」

やめておきます、とわたしは言った。そうね、と事務局長が言って、開きかけたスマホの画面を閉じた。

一週間ほどのち、わたしは訪ねていってみた。

地図を持って、番地を見ながら路地を曲がっていった。少し迷ったあとに、嶺月さんの作品で読んだとおりの町並みがあった。明るい、暖かい秋の陽が満ちた昼下がりの町だった。

番地の家は、あたりまえのことに戸が閉まっていた。「この家には住人はいません」とワープロで字を打った白い紙が貼ってあった。

一軒おいた並びの、同じ作りの家の表戸が開いていて、白髪の男の人がゆっくり出たり入ったりしている。鉢植えをひとつずつ持って出て、外の日だまりに並べている。

「あのう」とわたしは声を掛けた。嶺月さんの本名の方を言った。

「そうや、亡くならはったんや。もう片づけも終わっとるよ」

たしか町内会長が連絡先を知っとったはず、と男の人が言った。こっちやで。男の人は赤い花の鉢を下に置くと先に立って行く。戸を開けたままで、思わずわたしは中を見た。すぐのところに上がり框がある。事務局長が話していたと同じしつらえがあった。

二つか三つ路地を短く曲がって、ここやから、とわたしに言い、扉を開けて中に声を掛け、男の人は引き返していった。

やはり框を上がったところが居間らしかった。かなりの高齢のご夫婦が、そろってこちらを見た。テーブル式の炬燵だろうか、毛布を垂らして椅子に座っている。

「連絡先ね」とだんなさんが言った。

「妹さんの電話番号を貰うとりましたよ、だがもう不要や思うて、処分してもうたな、たしか」

奥さんが立ち上がり、戸棚の方に向かった。

「いやいや、まだ置いとるはずですよ、このへんに。ちょっと待っとってね」

紙片が出てくるまでに少し時間がかかった。

「ありましたよ、妹さん、吹田の方に住んではるんやて」

「それ書いてあげ」

だんなさんが奥さんに言った。

「あの、妹さんですか、娘さんではありませんでしたか」

「いいや、娘さんとは言うてなかった、妹さんて聞いたと思うけど」

だんなさんが気がついたように、「あんたさんは」とわたしに聞いた。

「知人です」

「はあ、お知り合い」

帰り際にお礼を言うと、二人は揃って頭を下げ、ご苦労さんです、と言ってくれた。

家に帰って、書いてもらった番号に電話をした。

男の人が出た。

わたしはお悔やみを述べてから、尋ねた。

「生前に書かれたものがたくさんあったと思うのですが、印刷物とか、ありませんでしたでしょうか」

さあ、べつに、なにも、と相手が答えた。

「ではパソコンの中にあったかと思いますが、パソコンは」

パソコンも何も全部業者に処分を頼みましたから、もう済んでいますので、と、男の人は言った。知りもしない人間が突然電話をして立ち入ったことを聞いたのに、丁寧に応対してくれた、とわたしは思った。

その人が娘さんの夫か、妹さんの夫か、わからなかった。

ともかく、五十作か百作か書きためた嶺月さんの作品は、もうない。


嶺月さんは長年クラスの合評に作品を出してきたから、誰かの手元に残っているだろう。わたしは思いつく誰彼に電話をしてみた。

ほとんど、なかった。

早い話が、わたし自身が残していない。わたしは嶺月さんの作品が好きだったから、合評の分はぜんぶ置いていた。それを、一年前に引きだしや戸棚の、あれこれ書いたものや新聞の切り抜きや手紙を整理したときに、いっしょに処分した。

自分が死んだあとをなるべくシンプルにしておきたい。ある程度の歳になればだれでもする。

そうは思っても悔やみきれないことだった。

わたしは嶺月さんの作品を捨ててはいけなかったのだ。

それでも、岡クラスと夏当クラスの人や同人のお仲間から、合評の原稿が三編と、作品を掲載した同人誌が数冊、送ってもらえた。詩もあった。これだけでも、残っていてよかった。

事務局長の手元にも届いて、中から一作が『樹林』に掲載されることになった。

ほかに、わたしの自宅の引きだしに、茶封筒に入った詩が一編あった。封筒の表に鉛筆書きでわたしの名があり、裏に去年夏の日付がある。文学学校の廊下で渡されたものだ。

A４一枚の詩に、「未来へ」と題が書いてある。

長く歩いて疲れたので
ひょいと後ろを振り返ったら
通りすぎてきた森の奥で
丸い窓のような過去が開いたままで

その中から昔年の自分が　こちらを見つめていた
さいなら
おれは未来へ行くんだから
と　背中を見せてやった
でも　未来っていったい　どっちなんだろう
そういえば
丸い窓は　牛の目のような　魚の目のようだった
彼方を見上げれば　風にゆらめく天涯の松
あれが未来への道標か
荒野など踏み分けて　ともかく進もう
老松の根方に
荒れ果てた洞穴の入り口が見つかった
覗いたら
それは大きなでんでん虫の抜け殻だったので
お尻からもぐり込んで

古傷のカサブタをさする
それからなんだ
満月の夜になると
気もそぞろに浮足だって
かねての旅立ちをしなければと
決心ばかりを
くりかえす

夏当チューターと、クラスで一緒だった須永さんとわたしと三人で、嶺月さんの作品集をつくった。ドットウイザードの清水さんの協力もあった。「未来へ」の詩を巻頭においた。


わたしには息子がいるが、二年前から疎遠になっている。

なぜこんなことになってしまったのか、わからない。

家庭とはもろいもので、ひとつ穴が開いたらそこからどんどんほころびが拡がっていく、というのはそのとおりだと思う。

穴なら、わたしの家には、自慢することではないが大きな穴が開いている。息子が、長年月のそれなりの葛藤の果てにここへ来て、大穴の開いた家をわたしごと捨てた、ということだとわたしは思う。

それならしょうがないな、と思う一方で、不当だと思う。

不当だという気持ちからわたしは逃れられない。

だがほかの考え方もある、らしい。原因はわたし自身にあるという。

けっきょく、わたしはわからない。

わかっているのは、娘さんがいたかわからないが一人で死んだ嶺月さんと、息子はいるがこういうことになっているわたしは、現時点で状況は同じだということだ。

わたしは、死んだ後のために部屋を整理した。来信や、ノートや、家計簿やそのほかの家の記録を処分した。捨ててもいい度合いの高いものから何次かにわたって捨てていき、捨てられないものが残った。六十歳過ぎて行った大学でのレポートと、文学学校で書いた作品だ。作品は嶺月さんほどたくさんではないが、それでもけっこうある。次の時点でレポートは捨てるかも知れないが、作品はやはり捨てないだろうと思う。

わたしは、自分の作品をどうしたいのか。

死後に残しておきたいのか。死後に誰かに読んでほしいのか。――はっきりそうと言えない。

では自分とともに消滅してしまうことを望むのか。――消えることをきっぱり望むなんて言えない。

一生を十全に生きた自信があれば、死後、作品なんかが残ろうが残るまいが問題ではない、時のありように任す、始末する息子なりだれなりを信じて託す、と言えるのだろう。

だがわたしはとてもじゃないが、言えない。

わたしはちゃんと生きてこなかったし、なによりも息子との関係修復ができていないのだから。

けっきょく、わたしはわからない。

嶺月さんのことで、気がついた。生前に、迷いながら執着を振り払いながら無理矢理自分を励まして処分する必要なんか、ないのだ。要るもの要らないもの、大事なものどうでもいいもの、すべて、なにもかもいっしょくたに、「お片付け業者」が浚えていく。何万円か、何十万円かのお金で、一日で、あるいはたったの数時間で片がつく。業者をネットで調べて、いや、調べるまでもない、わたしがすでに電話番号を書いて、わかるところに置いている。「ここにあるもの全部持っていってください」「わかりました。部屋を空にすればいいんですね、あとお掃除もしておきます」

作品も、その中にある。

わたしは、嶺月さんと違って、まだ未来へ行く気がない。

いやいや嶺月さんだって、こんな形で行くとは、思ってなかったに違いないのだ。

嶺月さん、化けて出てきてもいいよ。

嶺月さんは小太りで、カーキ色のジャンパーに帽子をかぶっていた。嶺月さんに似た人は地下鉄のホームやコンビニなんかに、よくいる。

あ、嶺月さん、とわたしは思う。

生と死のあわいで——『北京の階段』に寄せて

夏当紀子

作者山本佳子《よしこ》が小説を書き始めたのは、二〇〇六年秋、大阪文学学校に入ってからで、当時七十二歳だった。それまでに中国語を学び、中国現代小説の翻訳をしている。阿城《あじょう》などの優れた短編作品群である。すでに文章表現の力量が並外れたものであったことを感じさせる。

文学学校では小説、エッセイを書きその作品数は相当なものになる。そこからのよりすぐり自選集である。多くの人の勧めがあったが、なかなか作品集を出すことに踏み出さなかった。賢明で謙虚な人柄が災いしたと思える。

さて、小説の主人公の多くは林子《りんこ》という名である。「林」という文字のもつ、木漏れ陽が揺れ風が通る、木々が生きる場所のイメージと、涼やかな音色が主人公像と重なる。林子も七十代である。源と圭という二人の仲の良い息子がいる。夫とは子どもが幼い頃から別れ話があった。源は大学を終わり就職した二十五歳でガンを発病する。息子を亡くすかもしれない恐怖は林子を包囲する。花巻さんという友人がいて、時に電話で時に喫茶店で会って話す。短い会話がそれぞれに抱えているものの重さを伝える。

「どっちみち、ずーっといくしかないよ」

花巻さんは電話で言う。

「それでも人は、あえて元気でいないといけないんだよ、生きてる間は」と。

花巻さんは二十五年前娘を自死で亡くしていた。林子も花巻さんも生と死のあわいにいる人である。常に死を身近に、生とのあわいにある時間を、空間を耳を澄まし目をこらして感じ取る。

それには、作者が日中戦争、太平洋戦争という、若い命が大量に奪われた事実を、肌身に感じて生きてきたことと無縁ではない。源も花巻さんの娘も、学校を出たばかりの二十代だった。何歳であろうと子どもをなくすのは辛いが、育ってきた若木の命を奪われる悲痛は身を刻まれる痛みである。

天安門事件の二年後、林子は源の再発の不安、夫との不和を抱えて北京に行く。(「北京の階段」)

鼓楼の古く急峻な階段は夢に幾度も出てくる闇の階段だ。かつてそこが「国恥記念館」であったとき、日本からの屈辱に抗議して、多くの学生たちが飛び降り自殺した。林子は彼らの母親を思う。母の嘆きはずっと作品の底に横たわる。

娘が自死した花巻さんは二十五年経っても自らを許さず自殺する。林子は向こうの世界に逝った花巻さんと、より濃密に会話する。林子にとって死の世界も、その住人も非常に親しい存在なのだ。

エッセイである「若すぎた死者たち」では、明治四年に二十歳で死んでいった松野木愛次と携帯で話す。松野木は携帯を気に入る。エッセイに小説の世界を少々取り入れる新鮮さと、作者のお茶目がうかがえる。

ところで、「あわい」はまた、「淡い」にも通じる。作者は常に観察の人でもある。感性のアンテナにかかった言葉をメモし、大切に育ててきた。

林子は市内マンションの高層に住み、「十二階の窓の外で雲が切れて、早春の午後の陽が部屋にさしこんだ。陽は受話器を持つ林子の手もとまでのびて来た」(「昼下がりの町の音」）と、日々の変化を感受する。北京の「鼓楼」にいた入場券売り場のおばさんのスカーフは「薄緑色の葉っぱの模様のある紗」であり、源が入院する病院で出合った女の子は「暮れる前の秋の陽が建物の間から斜めにさしこみ、二人のいる場所をまるく包んでいる。女の子はみかん色の帽子をすっぽりかぶっていた」（「みかん色の帽子」）のである。源、圭の息子たちが食べ、その子どもリューの大好物になる「りんごのきんとん」もそれはやさしい色と味だ。死をそばに感じる闇をもちながら、この感覚のやわらかさは、読む者をほっとさせる。山本佳子の特質である。

ノンフィクションでは、そういう抒情性は一切排し、むしろ簡潔に挑むように核心に近づいていく。それが山本佳子の世界のもう一つの魅力である。そして、まとめた作品のすべてが、死者と向き合うものである。

旧真田山陸軍墓地で、ガイドのボランティアをしてきた。（「若すぎた死者たち」）風化する墓石の墓碑銘から読み取れる若い兵士たちの死について、戦争などを知らない大学生たちに説明していく。獄死、溺死、縊死、銃自殺……。靖国神社に祀られていない者たちだ。餓死や病死も夥しい。一人一人に未来があった。「若い人は死んではいけない」。作者の明確なメッセージである。

靖国神社の「遊就館」に設置されていた「伏龍」像について疑問を持ち調べる（「一九四五年の竹竿」）。陸、海軍それぞれに次々特攻が考え出されていた。坦々と語っていく中にあるのは、それらを生み出し、認めていったものすべてへの強烈な問いかけだろう。と同時に、現代の若者の危うさに対しての不安と、深い祈りがこめられる。

この作品集が今、子どもたちの未来にとって危機的なこの時代に出版される意味は大きい。山本佳子の思いを受け止めたい。

そして、亡くなった井上俊夫さん、嶺月耀平さんと共に喜びたい。

二〇一八年十二月二日

初出

「北京の階段」『樹林』二〇一三年春号

「ヘリコプターは飛んだか」『繫』四号　二〇一〇年一〇月

「二上山の向こう側」『てくる』二〇号　二〇一六年九月　「熱い空の下」改題

「黒い魚」『てくる』二三号　二〇一八年三月

「詩人の死」『繫』三号　二〇一〇年三月

「一九四五年の竹竿」『繫』二号　二〇〇九年八月

第29回大阪文学学校賞ノンフィクション部門佳作受賞

「若すぎた死者たち」『樹林』二〇一二年夏号

第32回大阪文学学校賞ノンフィクション部門受賞

「未来へ行った？」『樹林』二〇一七年夏号

山本佳子（やまもと・よしこ）
1934年、東京に生まれる。
1998年、仲間と、中国現代小説翻訳の同人誌
『螺旋』を創刊。2004年までに12号発行。
2006年、大阪文学学校に入る。
「てくる」同人。
大阪市在住。

北京《ぺきん》の階段《かいだん》
二〇一九年四月一日発行
著　者　山本佳子
発行者　涸沢純平
発行所　株式会社編集工房ノア
〒五三一―〇〇七一
大阪市北区中津三―一七―五
電話〇六（六三七三）三六四一
FAX〇六（六三七三）三六四二
振替〇〇九四〇―七―三〇六四五七
組版　株式会社四国写研
印刷製本　亜細亜印刷株式会社

ISBN978-4-89271-304-0